JN292199

アカデミック・ハザード

アカデミック

象牙の塔殺人事件

ハザード

トーマス・神村

海鳴社

もくじ

1　オーランド大学

聡が「東都大学に就職が決まった」と教授のデイビッドに報告すると、とても喜んでくれた。それから、少し沈んだ声で

「サトシがいなくなると寂しくなるな」

とも言ってくれた。

聡は、親が商社に勤めていた関係で小学校四年生から高校一年生までを米国で過ごした。その後、帰国して普通の公立高校に通い、日本の大学を受験して東都大学に入学した。高校生のあこがれの東都大学に合格したが、聡には、それほどうれしいという感慨は湧かなかった。外国で暮らしていたせいもあるかもしれない。世界では、東都大学のレベルは、それほど高くない。

さらに聡は、日本の大学生活になじめなかった。そして、半年で米国の大学留学を決めてしまった。講義があまりにもひどかったのと、知に挑戦するという意欲が教授陣に感じられなかったからであ

る。

米国の大学の講義は日本のものとは大きく異なる。教授陣は、みな自信にあふれ、これから聡たち学生が学ぼうとしている学問がいかに大切なものかということを熱心に語ってくれた。もちろん、講義に追いついていくのは大変であり、毎日のように宿題に追われたが、それだけ自分の力がついているということを実感できた。そして、勉強するという生活に慣れてくると、毎日の課題がそれほど苦にはならなくなった。聡は、日本の大学を辞めて、本当に良かったと思った。

聡は、常にクラスのトップをキープした。英語にまったく不自由しなかったということも日本人の聡にとっては幸いであった。聡は、理系を目指していた。米国時代に知り合った他の多くの野心的な学生のように、弁護士になりたいと思ったこともあったが、しだいに魅力を感じなくなっていた。科学には、絶対的な真理が存在する。ひとの勝手な理屈で、いくらでも解釈が変わってしまう世界とは異なるのである。

米国では、理系の多くの学生はＩＴ企業に就職する。もちろん大企業を目指すものも多いが、ベンチャー企業を選ぶものも多い。成熟した会社では、自分の力が生かせないというのがその根本にある。大企業に入れば一生安泰と考えている日本の学生とは、考え方が違うのだ。聡も、最初はＩＴ企業への就職がいいかなと思っていた。電気工学を専攻したのも、漠然と、そのような将来を描いていたからである。

しかし、米国の多くの企業はソフト産業である。インターネット関連のベンチャーも続々と登場している。聡は、ソフトよりもハードに魅力を感じていた。ソフトが活きるのはハードがあってこそである。ある有名なコンピュータ企業は、ソフトには強いものの、ハードにはまったく弱い。せっかく、高機能のソフトを開発しても、それを生かすことができていない。いまでは、世界的な企業に育っているが、買ってもすぐ壊れてしまうというハードを売り続けている。

聡は、自分はソフトではなく、ソフトを動かすハードの開発をしたいと考えていた。いくら優れたソフトを作っても、それを動かすハードがしっかりしていなければ、そのソフトは活きない。

将来の進路に迷っている時に出会ったのがデイビッドである。彼は、当時は、助教授でテニュア（終身雇用権）を持っていなかった。ヨーロッパの大学でポスドク（博士研究員）をしていた頃に、ある有名なジャーナルに論文として掲載された仕事が認められて、助教授として、オーランド大学に迎えられたのである。

友人の誘いで、大学付属の研究所を訪れた聡は、デイビッドに出会った。彼は、初心者相手に自分の研究テーマを、ていねいに説明してくれた。内容は分からないことの方が多かったが、デイビッドの熱のこもった説明に好意をいだいた。

それを機会に、聡はデイビッドの部屋をたびたび訪れるようになった。デイビッドも聡の訪問を歓迎してくれた。研究所では午後三時のティータイムに、所員が三々五々集まってきて、お茶やコーヒーを飲みながら、いろいろな話をする。これは海外では当たり前の光景である。この雑談の中から思わぬ研究のアイデアが浮かぶことがある。

聡は、話の内容はほとんど理解できなかったが、時々、議論が白熱してきて、研究者が真剣に言い争っている場が好きだった。そして、何より、自分よりもはるかに長く勉強をしているはずの研究者たちにさえ、分からないことがたくさんあるのだということを知り、驚きと新鮮さを感じていた。

デイビッドの研究分野はナノテクノロジーと呼ばれるものである。ミクロンとは一メートルの百万分の一の大きさの世界である。人間の髪の毛の太さは八〇ミクロン程度であるが、ナノは、それのさらに千分の一の大きさである。想像もつかない世界であるが、最近の技術の進展により、ナノレベルの制御が可能になっているという。デイビッドの研究分野は、炭素だけからなるナノチューブの研究であった。

最初に、この話を聞いたとき、聡は、「なんだ、炭の研究か」と思ったが、実際にデイビッドの話を聞いていると、この炭素からできている極微小なチューブがいろいろな可能性を秘めているということが分かってきた。しかも、嬉しいことに、その発見者が日本人であることも知った。

聡は、迷わず大学院進学を決め、デイビッドの研究室に入った。その頃、デイビッドは教授に昇進し、テニュア、つまり終身雇用権を獲得していた。そして、博士課程まで進んだあと、デイビッドの薦めで研究所にポスドクとして採用され、一緒に研究を進めてきたのである。アメリカでは、同じ大学に、そのまま残るという例はあまりないが、聡はデイビッドのもとで、どうしても研究を続けたかったのである。しかし、就職となると話は別である。他の大学や研究所を探さなければならない。

そんな時、日本から父危篤の知らせが入った。前からわずらっていた肺がんが再発したらしい。聡は、すぐに帰国した。父は聡の帰りを待つように、聡が病室にかけつけて一時間ほどで他界した。葬儀を済ませ聡が帰国しようとすると、母が懇願した。日本に帰ってきてほしいというのだ。聡は、アメリカで研究を続けたかったが、姉からも帰国を勧められた。母をひとりぼっちにしておくわけにはいかない。

デイビッドに事情を話すと、ちょうど、日本の東都大学が聡の研究分野で助教授を公募しているという。デイビッドの友人から、いいひとはいないかと連絡が入ったらしい。聡が必要な書類を準備して応募したところ、すんなり採用が決まったのである。

2　はじめての大学

大学への正式な赴任日は四月一日であったが、三月二十八日に大学に来るようにという指示があったので、学科の事務室に顔を出した。

学科名は環境量子情報学科というものだが、名前だけからは何をやっているのかまったく分からない。英語ではDepartment of environment and quantum informationとなっている。デイビッドが、最近、意味不明の名前を冠した学科が日本の大学には多くなったと嘆いていた。

大学は、東京の文京地区にあり、構内はとても広かった。一度は、通ったことのある大学なので不思議な感慨を覚えた。

めざす学科の建物は、歴史と伝統を感じる外観をしていたが、中に入ってみると、いかにも安っぽいという印象をうける内装であった。荘厳という表現がふさわしい米国の大学とはかなり違う。事務室も、何か田舎の役場という印象である。

事務には六人ほどが働いていた。受付がないので、一番若そうな女性に
「今度、こちらの学科でお世話になることになりました吉野聡です」

と声をかけてみた。

するど、その女性は
「吉野先生ですね。お待ちしておりました。私は、学科事務の佐々木と申します。よろしくお願いします」

とていねいにあいさつしてくれた。

少しほっとした。それに佐々木さんはとてもやさしそうだ。

佐々木さんは、わたしを事務の面々に紹介してくれた。事務長の末永さんは、そろそろ定年かと思われる年配のひとで、えらく愛想がよく腰が低かった。末永さんは、赴任にあたっての事務手続きの方法をていねいに教えてくれた。最近では、海外から赴任してくる先生が増えて、大学の方もどう対応すればよいかが分かるようになってきたと説明してくれた。

末永さんの話によると教育関係は、助教授の板倉というひとがいろいろ指導をしてくれるということであった。

「いまから、板倉先生をお呼びします。椅子にかけてお待ち下さい」

と言って、電話をかけた。電話口で、なにやら恐縮している。何度も何度も

「申し訳ありません。すみません」

と繰り返している。

それから十五分ほどして、ひげをはやした板倉が現れた。聡の身長は一八〇センチほどあるが、板倉は日本人には珍しく、聡よりも背が高かった。まるで、仁王様のようだ。

「いや、こんにちは、あなたが吉野君？　いま、手が離せない用事があって、少し遅れてしまった。申し訳ない」

と遅れたことをわびた。

「いえ、とんでもありません。こちらこそ、お忙しいのに、時間をとらせてしまって申し訳ありません」

と恐縮した。すると
「なんだ、日本語ができるじゃないか」

と板倉は言った。

わたしが、怪訝な顔をしていると
「いやね、今度来る人は、日本人だけど、日本語がほとんど話せないと聞いていたんだ。それで、この学科で、まがりなりにも英語を話せるわたしにお鉢がまわってきたということなんだよ」

いかにも迷惑そうな顔で、こう切り出された。

「まあ、一度引き受けたんだからしようがない。それじゃ、僕が案内しましょう」

と言って、鍵箱から、鍵を数本取り出した。

「最初に吉野君の部屋に案内しよう」

後ろをついていくと、二階の一番奥の部屋に案内された。中は四畳半ほどの広さで、不自然な仕切りがある。

「これが、吉野君の部屋。机や書棚は事務が適切なものを用意してくれたのが、もう入っている。さらに電話と学内ＬＡＮの配線も済んでいるので、あとは自分で用意するようにというお達しだ」

しかし、それにしても狭い部屋だ。まるで穴倉である。アメリカの大学では考えられないことだ。それにとってつけたような仕切りがうっとうしい。薄いベニヤ板でできているようだ。

「あの板倉先生。この仕切りはいったい何なんですか？」

「この仕切り。ああ、デブガエルの白井がつけたんだよ」

「白井さんですか？」

「おっと、新人にあまり変なことを聞かせちゃいけないな。白井教授といって、この学科のボス教授だ。かげでは天皇陛下と呼ばれている。俺は低脳閣下と呼んでるがね」

「その白井先生が、どうして仕切りをつけたんですか」

「本当は、吉野君の部屋は、この倍の大きさだったんだが、白井が、それじゃ大きすぎるとクレームをつけて、自分の子飼いのポスドク二人に部屋を用意させたんだ」

「えっ！　それはひどいじゃないんですか。そんな勝手が通るんですか」

「まあまあ、そういきりたちなさんな。私が赴任してきた時なんか、部屋を召し上げられて、しばらくは物置部屋に椅子と机を置いて我慢していたくらいなんだから、窓があるだけでも有難いと思わなきゃ」

聡は、聞いているだけで頭がくらくらした。アメリカでは考えられないことだ。しかし、少し考えてから、部屋があるだけでも良しとしようと思いなおした。実はデイビッドに、日本の大学がいかに閉鎖的なムラ社会かという話を聞いていたからである。

しかし、板倉という人間もあまり好きにはなれない。上司を平気で呼び捨てにし、あからさまに馬鹿にしたような口を利いている。新人の世話役がいやなのは分かるが、本人の前で、いかにも面倒だという態度をとられると面白くない。

「それじゃ、後は事務長にこまごまとしたことは聞いてくれないか。四月になって赴任してきたら、また詳細は説明することにするから。この部屋の鍵は預けていくよ」

そう言うと、鍵の束を残して、さっさと引き上げてしまった。複数の鍵を持っていたということは、どこか他の部屋も案内してくれる予定だったはずだが、もう面倒くさくなったのであろうか。聡の初対面の印象がよくなかったのかもしれない。

それにしても、机も椅子も、みすぼらしくて、しかも薄汚れている。普通なら粗大ごみになるような代物だが、よほど国立大学も金がないのだろうか。そういえば、最近、国立大学法人という組織になって、すべて独立採算制になったと聞いている。それが原因だろうか。

しばらく、椅子に腰掛けていたが、ぼんやりしていてもしようがない。事務室に戻って事情を説明すると、末永事務長は

「板倉先生はいつもああなんですよ。根はいいひとですから気にしないで下さい」

と慰めてくれた。

「他の部屋は、吉野先生の実験室と、学科で共通に使える部屋の鍵です。なんでしたら、佐々木に案内させますが」

すこし申し訳ない気もしたが、佐々木さんにお願いすることにした。

先ほどは分からなかったが、佐々木さんは、とても可愛らしい顔立ちをした女性である。態度もとても親切で、言葉使いもていねいだ。板倉なんかに案内してもらうより、ずっといい。

佐々木さんに連れていってもらった部屋は、どこも薄暗くて、汚いという印象を受けた。これが、日本の最高学府と呼ばれる東都大学なのだろうか。先行きが不安になったが、めげてばかりもいられない。

佐々木さんは

「あまり汚れているのでびっくりされたでしょう。ごめんなさいね」

と言ってくれた。

「佐々木さんの責任じゃありません」

と心の中でこたえていた。

自分が、これから勤める大学の第一印象は五点満点中一点であった。ただし、佐々木さんが居るので、プラス一点加点しておいた。

3　東都大学の初日

今日からいよいよ仕事がはじまる。

午前十時から、辞令の伝達式があるということなので、九時に学科の事務室に向かった。ちょっと着慣れていないが、スーツにネクタイをつけてきた。

母親から、日本では、これが当たり前と言われたからだ。

スーツは、格安の紳士服店で吊るしの二着で二万円というものを買った。母は、オーダーメイドを着せたかったようだが、そんな無駄使いはできない。

事務室には、明るい服を着た佐々木さんが居た。

「吉野先生、おはようございます」

とていねいにあいさつをしてくれた。そして
「辞令の伝達は、学長が行います。後ほど、私が伝達式の会場までお連れしますので、それまで

部屋で休憩していて下さい」

と言われた。

ふと横をみると、めがねをかけた女性がスポーツ新聞を乱暴に机の上に投げつけている。

「ああ、また巨人が負けちゃった」

とひとりごとが聞こえた。巨人は、開幕から三連敗と調子が悪い。

聡は、佐々木さんとはずいぶん違うなと思いながら、その女性の恰好を見た。めがねのフレームが太くて黒い。まるで、男物のめがねだ。それに、髪型も、まんがのサザエさんのようにパーマでチリチリになっている。もう少し、身なりに気を配ればいいのにと聡が思っていると、めがねの奥からじろっとにらまれた。さわらぬ神にたたりなしとばかりに、聡は、そそくさと部屋の鍵を受け取って退散した。

それにしても、汚い部屋だ。いくら予算がないと言っても、部屋の壁くらい塗り替えてくれてもいいのではないだろうか。ふとみると、海外宅急便の荷物が部屋の隅においてあった。アメリカの研究室から送った論文や本である。

梱包を解きながら、本のタイトルや論文を眺めているうちに、自然と研究テーマの方に考えが移っていった。いま聡が取り組んでいるテーマは、自己組織化である。ナノテクノロジーは究極の技術であるが、人工的にナノレベルの制御を行おうとすると、大変なお金もかかるし、うまくいかない場合が多い。そこで、自然に起こる反応を利用して、ナノレベルの制御を行うというのが聡のテーマであった。実は、帰国の数ヶ月前から面白い結果が出始めていたのである。新しい実験の構想を練っているとドアがノックされた。

「佐々木です。伝達式に、ご案内致します」

と声をかけられた。やはり佐々木さんは素敵だ。大学の評価が五点満点の三点に上がりそうになった。

伝達式の会場の控え室に行くと、同じようにスーツにネクタイ姿の新人が三十名ほど腰掛けていた。受付で、封筒に入った資料をもらった。中を見ると、新人名簿と今日の式次第が入っている。その他に東都大学の案内も入っていた。

佐々木さんに礼を言ってから、席についた。驚いたことに外国人も数名ほど居る。

かつて東都大学では、教員はすべて日本人、しかも、その九割が東都大学出身者で占められていた時代があった。純潔主義と言えば、それまでだが、当然、大学の活性化は失われてしまう。その後、まわりからの非難を受けて、他大学出身者や外国人の採用をはじめたという。

東都大学のパンフレットを開けると、学長の写真が載っている。太い眉毛で、意思の強そうな顔立ちである。名前は東郷平蔵と書いてある。名前までいかめしい。東都大学には珍しい工学部出身の学長という。ただし、世界的な業績を残したとは聞いていない。そういえば、日本の大学では、業績のある人間は出世しないと聞いたことがある。

伝達式は、とてもいかめしい雰囲気の中で始まった。前の方に机が用意してあり、大学の幹部が勢ぞろいしている。ふと見ると、工学部長という名札に、白井大介と書いてある。もしかして、板倉が言っていた白井教授というのは、この人なのだろうか。それにしても、恰幅がいい。アメリカに居ると、生半可ではない太り方をした人間に多く出会うが、白井工学部長はアメリカ太りにも対抗できそうな雰囲気である。

式は、最初に東郷学長の挨拶からはじまった。声にはりがあり、しかも内容も簡潔で分かりやすいものであった。多くの日本人の挨拶はだらだらと長く、しかも内容に乏しいというのが海外での評価である。学長の挨拶は、このような評価とはまったく異なるものであった。さすがに、天下の東都大学の学長になるだけの人物である。

学長は、東都大学もいままでの伝統に安住するのではなく、改革を進め、真に国際的に評価される大学にしなければならないと訴えていた。そして、その改革に、みなさんの力をぜひお貸し願いたいと結んだ。

挨拶の後、ひとりひとりに学長から辞令が渡された。握手をして、がんばってくださいと激励された。かたぐるしい伝達式などいやだなと思っていたが、いざ、こうして式に出てみると、厳粛な場もいいものだと思った。

その後、大学の事務全体の説明があった。厚い冊子を手渡され、こまごまとした説明があった。しかし、こんな厚い内容を短時間で把握することなど無理である。事務局長は、最近、問題になっている国の補助金の不正使用について長々と語っていた。それまで、表ざたになった数々の不正の事例を上げ、このようなまねは絶対にしないようにと注意された。

ようやく解放されて学科の事務室に戻ると、佐々木さんはいなかった。ちょっと、がっかりした。すると、朝にスポーツ新聞を読んでいた女性が近づいてきた。

「吉野さん。弁当がありますから、持っていって下さい」

と言う。佐々木さんは「吉野先生」と呼ぶのに、こいつは「吉野さん」か、えらい違いだなと思いながら、弁当とお茶をもらった。かつては、学長が新人向けに昼食会を開いていたらしいが、経費削減のために、弁当でごまかすようになったらしい。

「あいさつが遅れましたが、私は長谷川です。お金の件は、私が担当しますから、よく覚えておいて下さいね」

と、めがねをわざとらしく動かしながら話しかけてきた。

見るからに意地の悪そうな顔をしている。年齢は聡より少し上であろうか。だいだい、朝からスポーツ新聞を読んでいるなんて、大学にはふさわしくない。あまり、近づきたくないタイプなので

「こちらこそよろしくお願いします」

と言って、そそくさと事務室を飛び出して自分の部屋に行った。

今日は、これで帰ってもいいと言われたが、荷物や部屋の整理をする必要がある。論文の整理をしているとドアをノックされた。

「佐々木です。失礼してもよろしいでしょうか」

「もちろん大大歓迎です」と心の中でさけんでドアをあけ
「どうぞお入り下さい」

と部屋に招じ入れた。佐々木さんは遠慮して、中までは入ってこない。

「実は、差し出がましいとは思ったのですが、新任の先生がいつも困っておられるので、本部棟の事務の方に頼んで、他の学科で余っていた電話とファックス、それにコンピュータを手配しました。中古ですので、お気に召さないかもしれませんが」

と言ってくれた。何と気がきくのだろう。「佐々木さんばんざい」と思わず、心の中でかっさいを叫んだ。顔のきれいなひとは、心もきれいなのだ。

「とんでもないです。ぜひ使わせて下さい」

「それでは、後ほど本部棟の事務の方が運んでこられますので、よろしくお願いします」

「分かりました。ありがとうございます」

すると、佐々木さんは、失礼しますと言って出て行ってしまった。もっと話をしていたかったが、最初からしつこいと嫌われる。これから、ゆっくり話をするチャンスはいくらでもあるのだ。

それから一時間ほどして電話とコンピュータが届いた。さっそく、LANに接続してインターネットにつなぐ。まだ、大学から電子メールのアドレスはもらえないが、プロバイダのアドレスは持っているので、それを使ってデイビッドに連絡をとった。実情をありのままに伝えようかと思ったが、心配するといけないので、自分の部屋が整備されていて快適だと書いた。それから、事務員が最高だとも付け加えておいた。

はやめに電子メールアドレスをもらわないといけない。これは、研究者のコミュニケーションには欠かせない大事な手段である。この前、ベル研のジョンが似たようなアイデアでナノレベルの自己組織化の話をしていた。先を超されてはいけない。研究場所を移動すると、どうしても不利になる。ジョンにもメールを送っておいた。さりげなく、最近の研究はどうかと書いておいた。

後は、湯沸しポットにコーヒーメーカーがあれば最高だなと思い、佐々木さんに話しかける絶好の機会と思った。電話やコンピュータの御礼がてら電話してみよう。電話帳を調べて、佐々木さんの内線にかけてみた。あのやさしそうな声が聞こえるかと思って少しどきどきした。すると意に反して

「もしもし、佐々木は留守ですけど」

という声が聞こえてきた。長谷川の声だ。そのまま電話を切ろうかと思ったが、それではあまりに

も失礼なので思い留まった。

「あのう吉野ですが、佐々木さんはおられませんか」

「あら、吉野さん。佐々木はいま事務連絡で本部棟の方に行ってますが、何の用事かしら?」

と聞いてきた。

そういえば、お金は長谷川の担当だった。

「実は、湯沸しポットとコーヒーメーカーを手配したいのですが、どのようにしたらよいでしょうか」

仕方なく、聡は長谷川に相談した。すると
「吉野さん、いま吉野さんがほしいと言われた品は、すべて研究に関係のないものです。ですから、自腹で買って下さい。間違っても、大学の伝票を切らないように。いいですね」

とけんもほろろの応対である。まあ、言われてみればそうだ。それならば、生協に行って買ってくるか。

しかし、長谷川という女は意地が悪い。同じことを言うのでも、もっとやさしい言い方があるだろうにと思っていると
「他に何か用事がありますか」

と聞いてきた。

「ああそれから、佐々木さんに御礼を言いたいのですが。先ほど、中古の電話とコンピュータを届けていただきましたので、くれぐれもよろしくお伝え下さい」

佐々木さんがいかにやさしいかを強調したつもりで、こう話すと、長谷川の舌打ちが聞こえた。また、何か言われそうなので
「それでは、どうも」

とそそくさと電話を切った。どうして世の中には心のきれいな人と、長谷川のような意地悪な女がいるのだろうか。

さすがに日本の最高学府と呼ばれるだけあって、東都大学の生協は充実していた。ポットとコーヒーメーカー、それにコーヒー豆と自分用のコーヒーカップ、さらに来客用のコーヒーカップも買った。佐々木さんが気に入るかなと少し思いながらデザインを選んだ。レジに向かうと、先生ですかとたずねられた。

「ええ、この四月から赴任した吉野です。よろしくお願いします」

というと、不思議な顔をされた。そうか、レジのひとに、こんな挨拶をするのはおかしいかなと思いながら、お金を出そうとすると
「先生なら校費で落とせますが、どうなさいますか」

と聞かれてしまった。

「校費ってなんですか」

「各先生に大学から配られる予算ですよ。みなさん、日常品は校費で購入されています。先生の職員番号が分かれば、それで決済できますが、いかがされますか」

と言う。あの長谷川のやろう、何もそんなことは教えてくれなかったではないか。「校費が使えるなら最初からそう言えよ」と思わず心の中で毒づいた。しかし、いまの時点では、校費がどの程度もらえるかも分からない。それに、長谷川から注意をうけたばかりだ。それなのに、校費を使ったら、後で何を言われるか分からない。ここは自腹で済ませておこうと思った。

「いえ、現金で支払います」

そう言って、品物を受け取った。それにしても、長谷川という女は意地が悪いと、腹を立てながら学科の建物まで帰ってくると、何と、事務室から長谷川の怒鳴り声が聞こえてきた。見ると、佐々木さんが、いまにも泣き出しそうな顔をしている。

「差し出がましいことをして申し訳ありませんでした」

何のことだろうと聞き耳をたてていると、佐々木さんが好意で、聡に電話やコンピュータを手配してくれたことに対する叱責であった。長谷川の品のない声が聞こえる。

「あのね。中古品だって立派な国有財産なの。誰かが要らなくなったからといって、勝手に持ってきてもいいというものじゃないのよ。あなた何年事務をしているの」

「はい、でも、本部棟の方も新任の先生が困っているならどうぞと言っていただいたものですから」

佐々木さんがうなだれている。ここは、自分が助けなければいけないと思って、事務室に入ろうとすると、末永事務長が割って入った。

「まあまあ、長谷川さん。佐々木さんも吉野先生を手助けしようと思って好意でやってくれたことなんですから。それに、事務処理は、わたしの方で行いますので、ここは、私に免じて許してあげて下さい」

事務長もいい人だ。そう思っていると、長谷川は
「少々若くてかっこいい先生が赴任してきたので、うまく取り入ろうという魂胆じゃないの」

ととんでもないことを口走った。聡は、思わず
「長谷川さん、それは言いすぎですよ。ひねくれ者の邪推というもんだ」

と大きな声を出してしまった。一瞬、長谷川はたじろいだように聡を見たが、何事もなかったように、自分の席に座った。少し言いすぎたかと思ったが、うなだれた佐々木さんを見ていて思わず出た言葉であった。

「佐々木さん、今日は本当にありがとう。心から感謝しています」

聡がそう言うと、佐々木は少し救われたような顔になって、そのまま席に戻った。聡は、少し気まずくなって、自分の部屋に戻った。何か、初日から大変なことになったなあ。長谷川は意地が悪そ

うだから、後でどんな仕返しをされるかたまったものではない。

そこで、ふと思った。長谷川は独身なのだろうか。それに、一人で浮かれているけど、佐々木さんが独身と限ったわけでもないのだ。あんな魅力的なひとだ。きっと結婚しているにちがいない。でも、佐々木さんが独身で、恋人がいなくて、自分と結婚してくれたらどんなに幸せだろう。そんなことを考えながら家路についた。

4　大学二日目

今日は、新任の挨拶を学科の先生方にしなければならない。本音としては、佐々木さんに案内してほしいのだが、あの板倉が案内役になるという。また、嫌味でも言われるのかなと思いながら、はやめに大学に顔を出した。事務室に顔を出すと、佐々木さんの席は空いていて、長谷川がスポーツ新聞を読んでいる。今日は少し機嫌が良さそうだ。後で聞いて分かったことなのだが、長谷川は大の巨人ファンで、巨人が負けた次の日は機嫌が悪いのだそうだ。聡も、昔は大の巨人ファンであったが、そのやりくちの汚さに嫌気がさして、いまではどうでもよくなっている。プロ野球そのものが時代遅れという気がしてならない。

「おはようございます」

と仕方なく声をかけると、長谷川はめがねを少し動かして

「吉野さん、おはようございます」

と応えた。すると、そこに板倉が現れた。

「あれ、吉野君ずいぶん早いね。あんまり張り切りすぎると疲れちゃうよ」

と軽口をたたいてきた。長谷川は
「板倉先生、おはようございます」

と挨拶している。なんだ、板倉には「先生」かと少しむっとした。

「あれ、長谷川ちゃん、あいかわらず可愛い顔しているね。きょうは、特にきれいだ。そうか、きのうは巨人が勝ったんだね」

と、歯の浮くような挨拶をしている。少しも可愛くないのに、可愛いとそらぞらしく言える神経が分からないが、長谷川は結構うれしそうだ。とたんに、この大学の評価が五点満点の一点に急降下してしまった。

じゃれあっている二人を残して、自分の部屋へ行き、朝のコーヒーを淹れることにした。ここちよい香りがただよってくる。校費で買えたはずなのに、一万円も自腹を切ってしまった。ふたたび、長谷川への怒りが湧いてきたが、すぐに思いなおした。わずかばかりの金で腹をたててもしようがない。それにしても、長谷川は金にうるさそうだから、予算を使おうとする時には、結構、口を出してきそうだ。先が思いやられる。

コーヒーを飲みながら、電子メールをチェックする。デイビッドからは、元気にやっているかという挨拶とともに、研究の進展具合が書いてあった。つぎに気になっているジョンのメールを開けると、スピノーダル分解のことが書いてある。それならば、心配いらない。この方法は何度も試してうまくいかないことを確認している。ライバルに先を越されていないことを確認してほっとしていると、ドアがノックされた。

板倉だった。

「よっ新人。元気にしてる?」

何か、前にあった時とはテンションが違うなと思いながら

「おかげさまで、何とか」

と応えると

「なんだ。やっぱり日本語がうまいじゃないか」

と肩をたたかれた。

「きょうは、学科の先生方への挨拶に僕が引率する。今日で吉野君の評価が決まるから粗相をしないように」

「評価が決まるってどういうことですか」

「日本では、第一印象が大事ってことだよ。何しろ、君に実際に会っているのは、学科主任の山根さんだけだからね」

山根教授は、アメリカで開かれている国際会議に参加した際に、わざわざ聡の面接に来てくれたのである。本来は、聡が日本まで面接に来る必要があったのだが、旅費を出す規定がないというので、親切にも、山根みずから聡の大学まで来てくれたのだ。とても、温厚そうな先生で、聡の話を時間をかけてじっくり聞いてくれた。デイビッドの昔の知り合いということであったが、それが功を奏したのか、この厳しい公募で聡が選ばれることになった。このポストには五〇人以上が応募したと聞いている。

「山根先生には大変お世話になりました。今日お会いできるのを楽しみにしています」

「今日の顔合わせで、いちばん大切なのは白井のおっさんだよ。昨日も見たろ。前のほうでふんぞり返っているデブガエル」

デブガエルとはうまいことを言うと思ったが、大学の重鎮の工学部長をばかにするのは、少し不愉快であった。そう言えば、前にもデブガエルと言っていたような気がする。

「俺みたいに白井ににらまれたら一生うだつが上がらないぜ。とは言っても、吉野君は五年の任期だから関係ないか」

最近、日本の大学でも任期制を取り入れるようになった。昔は、一度採用されれば一生勤められるという終身制が当たり前であった。ところが、一度採用されると、どんなにひどい人間でも辞めさせることができない。おかげで、日本の大学は、品性や知性に乏しい教授であふれかえるようになった。その反省から、任期制が登場した。いわば、長期の試行期間である。この間の業績が認められれば、終身も認められる。デイビッドは、聡ならばまったく問題ないと言ってくれた。

「板倉先生、五年の任期だから関係ないとはどういうことですか」

「その辺の事情は、おいおい分かってくるよ」

「それと、白井の他に重要なのが、松山と浅井のふたりだね。それぞれ経済省と文化省からの天下り」

「えっ、天下りですか？　大学にも、そんな制度があるんですか」

「最近は、世間の目がきびしくなって、役人どもにとって、おいしい天下り先がなくなってるんだ。それでやつらが目をつけたのが大学さ。天下りと一緒に予算もついてくるから大学にとってもおいしい話なんだよ」

「でも、教授になるには博士号が必要なのではないですか」

「そこがミソなんだ。文化省の規定では、博士号取得者あるいは、それに準ずる能力のあるものとなっている。役人がよくやる例外規定さ。つまり、博士号を持ってなくとも、それと同等の能力があると認められれば、大学教授にはなれるんだよ」

「でも、同等の能力とはどうやって評価するんですか」

「それは、文化省の役人が納得すればいいんだよ。実際には、大学が認めれば、文化省から苦情がでない限り、通ってしまう」

「それでは、おふたりとも博士ではないんですか」

「いや、博士号は持っているよ。この例外規定もあまり使いすぎると世間の目が厳しくなる。そこで、白井の登場だ。適当な業績をつくって、子飼いの部下に審査員をやらせて、ふたりを博士にしたんだ。一度、博士論文を読ませてもらったが、ひどい内容だったよ。笑ってしまうのは、誤字脱字の多さだね。誰もチェックしてなかったんだな」

「そんな話、にわかには信じられませんが、なぜ、おふたりが重要なんですか」

「予算を握っているからさ。最近の研究予算は公募が建前で審査をしていることになっている。ところが、役所に顔がきく奴はいくらでも細工ができる」

「そんなに簡単にいきますか」

「簡単だよ。なにしろ審査過程は完全に非公開。審査委員の名前も秘匿しているからね」

「それはフェアじゃないですね」

「それが、役人は屁理屈がうまいんだ。審査委員の名前を公開すると、予算欲しさに擦り寄る不届き者が横行するというんだ。単に、審査過程を隠したいだけなのに、笑ってしまう」

何か、のっけから嫌な話を聞かされたなと聡は、板倉を少しうらむ気分になった。この人は、自分が不遇のために、他人の悪口を言っているだけなのではなかろうか。そういえば、板倉の肩書きは、まだ助教授のままだ。確か、山根教授と同じ四十七歳だから、昇進が遅れている。同期に先を越されて、ふてくされているのかもしれない。板倉の話を信じる前に、ちょっと板倉自身のことを調べる必要があるなと聡は思いなおした。

それからしばらく、板倉から、他の教員の話を聞かされたが、あまりにも強烈なパンチを食らった後なので、全然頭に入らなかった。それを察したのか

「まあ、他のやつらは、全部白井の子分で、自分の主張がないやつらばかりだから、あまり気にとめてもしようがないがね」

と板倉はしれっとした顔をしている。

「それじゃ、そろそろ御大の白井のところへ行こうか。許される時間は五分だとさ。偉い先生だからね」

板倉から案内された白井教授室は立派であった。聡の部屋とは比べ物にならない。まず、ドアを開けると、秘書の部屋がある。柳井さんという少し年配の女性で、二十年以上も白井教授の秘書を勤めているということであった。運が良いことに、佐々木さんが柳井さんと話をしているところであった。

聡が嬉しそうに

「おはようございます」

と声をかけると、佐々木さんは
「吉野先生、おはようございます」
と、にこっと笑って応えてくれた。やはり長谷川とは雲泥の差だ。
板倉は
「柳井さん、こちらが新任の吉野先生です」
と紹介してくれた。あれ、ここでは「吉野先生」かと思いながら、ていねいに頭を下げた。もしかしたら柳井さんは聡の母と同じくらいの年代かもしれない。
柳井さんは
「吉野先生、これからもよろしくお願いします」
とていねいに頭を下げてくれた。とてもやさしそうな人だ。それから
「白井先生が中でお待ちです。どうぞお入り下さい」
と言ってくれた。
ドアを開けるとそこは別世界であった。大きなマホガニー製の机と、立派な応接セットが並んでいる。壁には、本物かどうかは分からないが、有名な洋画が飾られている。
聡は、部屋に入るなり嫌なにおいを感じた。タバコのにおいである。どうやら白井は愛煙家らしい。空気清浄機が置いてあるが、タバコのにおいは消えないものである。ふたりが入ると、白井は電話

中であった。受話器を持ちながら応接椅子にすわるように指示された。白井は受話器に向かって
「局長、そこはよろしくお願いします。はい、こちらも、それなりの覚悟はありますから」

と大きな声でしゃべっている。しばらく電話で話してから、ようやく応接セットの椅子に腰掛けた。

「いや申し訳ない。経済省の局長から、環境審議委員会の委員長になってくれという依頼でね。困ってしまうよ」

困ってしまうといいながら、さりげなく、経済省や局長、そして依頼ということを話すのは、自分がいかに重要人物かをひけらかしているようにも感じる。

そう思いながら、自己紹介した。

「今度、この学科でお世話になることになりました吉野聡です。よろしくお願いします」

白井も自己紹介した。現在、工学部長で、学科のことは主任の山根にまかせているということであった。今度の人事も、山根の主導のもとに行われたという。その横で、板倉は不愉快そうな表情をみせていた。

白井は、東都大学も東郷学長のもと大改革の時代に入っている。その点、米国で研究生活をしていた吉野には期待しているということであった。そのような話をしたあと
「それでは、私はいまから会議があるので、工学部長室にいかなければなりません。後は、板倉君に相談して下さい」

と言われた。そこで、それではと挨拶し、部屋を出た。佐々木さんは、すでにいなくなっていた。ちょっと残念な気がした。

柳井さんに
「どうもありがとうございました」

と礼を言うと、やさしい笑顔で送ってくれた。

部屋を出ると思わず、板倉にこう言った。

「すごく立派な部屋ですね。わたしのとは比べものにならない」

「工学部長室は、あの倍はある。まったく無駄な投資だね」

と吐き捨てるように応えた。

「もっと大きい部屋があるんですか。それはうらやましい」

「あんなばかにあてがっても何の意味もないんだが、政治屋どもは見栄を張りたがるからなあ」

板倉は、どうも執行部がとことん嫌いらしい。やはり、板倉の話は鵜呑みにしない方が良さそうだ。

「それじゃ、つぎはお気に入りの山根先生のところへ行こうか」

ちょっと、おどけるように板倉は言った。

山根教授の部屋も秘書と教授の個室に分かれていた。板倉の話によると、かつて東都大学では、教授の秘書は同室だったが、あまりにもセクハラが多いので、別々の部屋にしたということである。

これも真偽は定かではない。

山根の部屋にも大きな机と応接セットがあった。わざわざ米国まで来てくれたことへのお礼と、自分を採用してくれたことのお礼を述べた。

山根は、どこまでも紳士的で、聡の活躍に期待しているので頑張ってほしいと激励された。また、さっそく新学期から講義を四科目ほど担当になるが、よろしくということであった。これは、公募の条件に書いてあったので準備はしてある。板倉は、横にいたが、まったくと言っていいほど会話に入ってこなかった。ただ、横で、にやにや笑っているだけだった。

あいさつを終えて、部屋を出て行こうとすると

「板倉先生、少し話があるので残っていただけませんか」

と山根が板倉を呼び止めた。わたしは、部屋の外で待つことにした。ちょっと中の様子が気になったので、それとなく聞き耳をたてていると、中からこんな会話が聞こえてきた。

「おい、板倉、いいかげんに白井先生に楯をつくのは、やめたらどうなんだ。白井先生も君が折れてくれたら教授にしてやってもいいと言って下さっているんだ」

「山根。お前も性根の腐ったやろうだな。あんなばかに篭絡されて。そんなに偉くなりたいか」

「おれは、板倉ほど優秀ではないからな。家族のことを考えて、白井先生の言うことにある程度従っている。家内や子供の将来のことを心配しても当たり前だろう」

「白井なんかについていると、後で後悔することになるぞ」

「何を言っているんだ。白井先生は東郷学長とは懇意の仲だ。次期学長という声もある。俺は板倉を買っている。俺と一緒に、この学科の将来を考えてくれ」

「あほのお前とつるむ気はない。これ以上話すことはないから失敬する」

そういうと、板倉は乱暴にドアを開けて外に出てきて、聞き耳をたてていた聡と思わず衝突しそうになった。

何か言われるかと思ったが、板倉は、そのまま、それじゃ次いくぞと言って、つぎの部屋への挨拶に行った。

一応、学科のすべての先生に挨拶をした。不思議なのは、誰からも研究内容を聞かれなかったことだ。アメリカであれば、すぐに研究内容のことに話題が行く。日本は少し特殊なのだろうか。

それから、分かったことがある。秘書がついてる教授は四人だけということだ。白井、山根、松山、浅井の四先生である。部屋も立派というのが、この重鎮たちであった。後は、聡の部屋の倍程度の大きさか。

板倉は
「さあ、これで挨拶は終わり。後は、自分の部屋にもどっていいよ」

と言った。

聡は、ちょっといたずら心を出して

「そういえば、まだ板倉先生の部屋にはお伺いしていませんでしたね」

と言うと

「俺の部屋なんか見てもしようがないだろう」

と断られた。よし、今度、抜き打ちで押しかけておどかしてやろう。そう心の中で思い、板倉に礼を言って自分の部屋に戻った。

電子メールをチェックしているとデイビッドからメッセージが届いていた。そこには、こんなことが書かれていた。たまたま、東都大学のホームページを見ていたら、聡の学科のことが紹介してあった。そこで、学科の教員に驚くべき人物を発見したという。その名前は Ken Itakura と書いてある。Itakura と言えば、あの嫌味な板倉しか思いつかないが、これはどうしたことだろう。そして、デイビッドは、板倉が聡の学科に居ると知って安心したと記してある。さらに、研究のことで壁にぶつかったら板倉に相談しろとも書いてあった。聡は何かきつねにつままれたような気分であった。板倉はそんなに有名人なのか。どう見ても人間的に欠陥があるとしか思えない。上司を上司とも思わない態度。それに山根先生に対する失礼な態度。どれをとっても尊敬できるような人間ではない。とりあえず、Itakura とはどういう人間なのかとデイビッドに返信を打っておいた。おそらくデイビッドの勘違いであろう。

5 剽窃事件

講義がはじまったとたんに聡の周辺は騒がしくなった。講義の準備もさることながら、聡のもとに大学院生が三人ほどつくことになったのだ。これは、山根から、たってのお願いと言われて引き受けた三人である。二人は修士の学生で問題はないのだが、ひとり問題児がいた。博士四年の加治である。通常は、博士課程は三年で終わる。つまり、加治は三年間で学位をとれずに四年目を過ごしているのである。吉野と入れ替わりに退官した教授が指導していたが、この教授の退官と同時に博士号を取得する予定だったのが、一年長引いたことで狂ってしまったのである。

加治と面談しようとしていると、白井から妙な電話がかかってきた。それは、加治には虚言癖があるので、話をそのまま信じないようにという電話であった。わざわざ工学部長が一学生のために電話をかけてくるとは尋常ではないと思ったが、一応、わかりましたと答えておいた。

加治に会ってみると、とてもまじめで、誠実な好青年という印象を受けた。まず、彼が博士課程で、どのような研究を行っていたかを聞いてみた。加治は結晶作りが専門という。いろいろな物質の本来の性質を調べるには、良質な結晶が必要になる。結晶の質が悪くなればなるほど、本性が隠れてしまうからだ。前にも、国際的に有名な研究所が、あるセラミックスに磁石の性質があると発表して大騒ぎになった。その後、試料の中に混入していた不純物の鉄によるものであることが分かり、この研究所は名声を大いにけがすことになった。それだけに、新しい材料が見つかった時に、誰かが質のいい結晶を作れば、世界中の研究者から譲ってくれとラブコールが寄せられるのである。

加治の説明は、聡が感心するほど論理的なものであった。退官した教授が結晶づくりの名人で、加治は、かなりノウハウを仕込まれたという。これだけ聡明ならば三年で博士号をとることは、それほど難しくはなかろうにと疑問に思った。何が問題だったのだろうか。

ところが、加治から驚くべき話が出た。彼は、教授と一緒に、ある種のセラミックスの結晶づくりを行っていた。つくり方は、ごく一般的な方法で、溶けた原料に種結晶をつけてゆっくりと引き上げていく手法である。原料が固まる段階で、種結晶と同じ方位のものが成長していくので結晶をつくることができる。しかし、どうしても溶けた原料を入れるるつぼから汚れが結晶に入り込んでしまう。教授が培ったノウハウのすべてを傾けても、この汚れをとることはできなかった。

あきらめかけた時、加治にひとつのアイデアが浮かんだ。汚れた結晶の中に、この汚染物質を主成分とする化合物が見つかったのだ。この化合物が結晶と共存できるということは、この化合物を融液の中にあらかじめ入れておけば、汚染物質は、化合物に吸い寄せられるのではないか。こう考えた加治は、この化合物を融液に浸して結晶成長させた。すると、見事に良質な結晶の作製に成功したのである。この知らせに教授は大喜びした。この成功は世界的にも大きな話題になるはずであった。

教授は、同僚にこの成功をこっそり打ち明けた。すると、つぎの日に白井から呼び出しがかかった。白井は教授の仕事をひとしきり誉めた後、結晶を自分にもぜひ見せてほしいと懇願した。教授は、あまり、乗り気がしなかったが、白井の要求があまりにもしつこいので結晶を見せた。すると、白井は、しばらく結晶をあずからせてほしいと言ってきた。教授は、大いに悩んだが、大学で権力をほしいままにしている白井にへたに逆らうと、どんな仕返しをされるか分からない。しぶしぶながら、結晶を渡してしまった。

ところが、白井は預かった結晶をなかなか返してくれない。その後、何度か結晶を返してほしいと懇願したが、また作れば良いじゃないかという生返事で、結局、結晶は返ってこなかった。

それから、数ヶ月して、加治は驚くべき記事を目にする。東都大学の白井グループが合成に成功した結晶で、海外の大学や研究機関が画期的な成果を得たという発表が新聞に報じられたのである。加治が、この話を教授にすると、教授は愕然とした。おそらく白井は、教授からだまし取った結晶を、勝手に海外の研究機関に横流ししていたのだ。

教授が、白井のところに抗議しにいくと、白井は、あれはうちのポスドクがつくったものだと言い放った。それでは、あの結晶を返せと談判したところ、そんな結晶を受け取った覚えはないとしらを切られたという。

教授は、大学に訴えると抗議したが、なぜか、それからまもなく、教授の補助金不正使用疑惑が持ち上がった。教授が、補助金を本来使ってはいけないものに流用していたというのだ。しかし、それは不正といわれるようなものではなく、実験機器を買う代わりに部品を購入したという程度のものであった。しかし、厳密には規定に反するものであったため、教授は文化省と大学から厳重注意処分となった。この一件は、なぜかイニシャルではあったものの新聞にも載り、教授の訴えは誰からも信用されなくなった。かくして、結晶横取り疑惑もうやむやにされてしまったのである。

「それが本当だとしたらひどい話だね。それで、加治君はどうしたんだい」

「はい、わたしが教授に替って訴えを起こそうとしたんです。ところが、大学の事務に相談しにいくと、とんでもないと一蹴されました。学生の言うことなど、最初から信じてもらえないんです」

「それは、ひどいね。日本では、アカデミックハラスメントに対する認識があまいのかな」

「しかも、相談をうけた事務員が白井にこっそり告げ口したんです」

「何だって。それこそ、やってはいけない行為だろう」

それから加治に対する執拗な白井のいじめが始まった。まず、加治が精神的に異常を来たし、他人の成果を自分のものと言いふらす虚言癖があるという噂を流した。そして、子飼いの部下を使って、加治の実験を妨害するようにした。実験のできない加治は、結局、論文が書けなくなり、四年目に突入したという。

聡は、この話をすぐには信じられなかった。白井が言うように、加治には虚言癖があるのではなかろうか。

「それから、あることをすれば白井は私を許してくれると言いました」

加治はこう切り出した。

「あの結晶をもう一度つくれというんです。どうやら、白井の指導しているポスドクには僕の結晶は作れなかったようなんです。白井はすぐに真似できると軽く見ていたのでしょう。出入りの業者を脅して、僕が、どのような原料とるつぼを使っていたかを聞き出したようですが、結晶づくりは、そんなに甘いものではありません。それに今回は、さらに一工夫加えていましたから、なおさらです」

「なんだ、それが本当なら、自分が犯人と白状しているようなものではないか」

「ええ。背に腹は変えられないということでしょう。実は、あの結晶が評判になって、他の研究機関からもぜひ分けてほしいという依頼が白井のところに殺到したんです。ところが、自分のところではつくれない。だから、私につくれと命じたのです」

どうも、加治に虚言癖があるとは思えなかった。

「それで加治君はどうしたんだ」

「誰が、あんなやつに結晶をつくってやるもんですか。最後に、白井は、共同研究者にしてやってもいいと甘いことを言ってきましたが、きっぱり断りました」

「そうか、それは賢明な判断だね」

もし、加治が結晶を渡せば、白井はそれを利用するだけで加治を捨てるであろう。しかし、こんな大事な話を聡にするというのはどういうことなのだろう。聡が、白井のスパイだったら、加治はただではすまない。

「でも、加治君。こんな大事な話をよく僕にしてくれたね。もし僕が白井先生の意をうけていたらどうするんだい」

すると加治から意外な話が出た。

「実は、この学科で唯一信頼できるのが板倉先生なんです。その板倉先生が、吉野先生は信頼できるから思いっきりぶつかってみろと助言してくれたんです。そうでなければ、こんな話はできません」

「えっ、板倉先生がそんなことを言っていたの」

「はい、それに山根先生にかけあって、吉野先生をぼくの指導教員に据えてくれるようお願いしてくれたのも板倉先生なんです」

聡は、板倉が自分をそんなふうに見ていたと聞いて驚いた。それに、板倉が、山根に依頼をしたというのにも驚いた。この前ふたりは、あれだけ険悪だったからだ。

しかし、加治の立場は考えれば考えるほど難しい。おそらく、他の大学に移ったとしても白井の魔の手は及ぶであろう。この話が本当なら、白井にとっては表沙汰にはしたくない話である。加治の行き先に先手を打つのは必至だ。天下の東都大学の工学部長から、じきじきに
「今度そちらにお世話になる加治は虚言癖があるので気をつけてください」

などと言われたら、加治のことを信じるものなどいないであろう。その前に、そんな人間の受け入れ自体を断るに違いない。

聡は、何かいい手はないだろうかと思案した。そして、あることを思いついた。

「加治君。事情はよく分かった。わたしにひとつ考えがあるので、少し時間をくれないか」

すると加治は
「どうせ、大学に来ても実験ができないので、家でぶらぶらしているだけです。板倉先生は、実験ができなければ理論があるから、俺の弟子になれと言ってくれたんですが。なかなかその気になれなくて」

聡は、無性に腹がたってきた。こんな前途有望な若者を踏みにじるとは、いったいこの大学はどう

なっているのか。

しかし、白井とこのまま対決しても、しらを切られればそれまでだ。

「よし、あさって、また、僕の研究室に来てくれるかい」

それから、しばらくして聡はデイビッドに電話をかけた。時差の関係があるので夜中になったが、デイビッドとは一時間ほど話をした。電子メールでは、とても細かいところまで伝えられる話ではない。驚いたことにデイビッドは白井の結晶のことを知っていた。さらに、大学の研究所に、同じような結晶成長装置があることも教えてくれた。

次の日、デイビッドから電話があった。朗報であった。

加治が再び聡の研究室を訪れた時には、さらに憔悴した様子だった。両親から学問はあきらめて家業を継げと説得されたらしい。日本の大学では、博士課程の学生は、自分で生活費を捻出しなければならない。アメリカなら、給料が支払われるが、日本では、親に頼るか自分でバイトして、賄うしかない。大学にも行かずに、ぶらぶらしている息子をみて、両親も業を煮やしたのであろう。

聡の話を聞いて加治は驚いた様子であった。デイビッドが、研究所にかけあって加治を臨時の研究補助員として受け入れてくれるというのだ。実は、米国の博士課程に編入するには、英語の資格試験をパスしなければならない。それに、必修の講義もたくさんあるので、加治には負担が大きい。そこで、デイビッドが、大学にかけあって研究補助員というかたちで雇ってくれることになったのだ。加治はしばらく時間がほしいと言った。そして、次の日、ぜひ行かせてほしいと言ってきた。両親には、あと二年だけ待ってくれと頼んだらしい。

山根には、加治が大学をやめたいと申し出たので、退学を認めてほしいとだけ伝えた。その話はすぐに白井に伝わったようで、いつもより機嫌が良いと事務長の末永が喜んでいた。末永さんは、白井の機嫌が悪いと、いつも怒鳴られてばかりいるそうなのだ。

6　教室会議

今日は、はじめて環境量子情報学科の全教員が一同に会する教室会議の日である。学科の運営や人事などにかかわる案件はすべてこの会議で決められる。かつては、教室会議の他に教授だけが集まる教授会議があって、重要事項はすべてそこで決められていたが、民主的な運営を求める声が高まり、助教授や講師を入れた教室会議が開かれるようになったという。

教室会議の会場は、学科の会議室であった。出席者は事務局をあわせて十五人程度である。会場に入ると、司会席と学科主任の席がある。多くの出席者は、この席から離れたところに座っていた。聡は、どこに座っていいのか迷っていると、司会の種田という助教授が、横に座るように指示してきた。

「吉野先生は、はじめての出席なので挨拶をしていただきますから、こちらにお座り下さい」と言われた。

見ると、驚いたことに、すべての席に灰皿が置いてある。聡は、種田に、会議中に喫煙するのですかと問いかけてみた。種田は、なぜそんなことを聞くのかという顔で聡を見ている。タバコを吸うのが当たり前なのだろうか。アメリカでは考えられない話である。副流煙による害がアメリカでは常識で、人前で喫煙すると罰せられる。日本でも健康増進法が成立したはずである。とは言っても、国会議員が堂々と会議場で喫煙している様子がテレビに映し出されているのだから、もともと喫煙にはだらしのない国ではある。

ただし、ここは学問と研究をする大学である。大学教授というのは、本来知的な職業であり、喫煙すること自体が聡には不思議であった。アメリカでは、喫煙の害を学校できちんと習う。聡は思い切って、こう切り出した。

「それでは、わたしから提案します。会議では喫煙を禁じて下さい。みなさんいかがですか」

と言うと、板倉は

「俺は賛成だね。タバコは他人に害を与える」

すると、ふだんは動作がゆったりした事務長の末永が、それでは「灰皿を撤去しましょう」と言って、あっと言う間に灰皿を片付け出した。すると、そこに、白井が入ってきた。

「おい、末永君、何をしているんだ。いまから、一服しようと思っていたところなのに」

と怒りだした。すると、板倉が

「白井さん。あなたは健康増進法を知らないのかい。他人に副流煙をすわせることは法律違反なんだよ。タバコの煙にはダイオキシンも含まれている」

と言った。司会の種田が困ったように

「実は、吉野先生からもクレームがありまして、会議では禁煙にしてほしいという依頼があったんです」

「何をばかなことを言っているんだ。おれが吸いたいといってるんだから、それでいいだろう」

そう言うと、白井は、ポケットからタバコを取り出して火をつけようとした。すると、板倉がデジタルカメラを取り出して、シャッターを切った。聡は、板倉がどうしてそんなものを持ち込んだのかといぶかっていると

「おい、吉野先生。いまから工学部長が法律違反をしようとしている。ちょうどいいから、本部に電話したらどうだい。ついでにマスコミにも連絡するか」

と言った。あわてたように白井は、タバコをポケットにしまいこんだ。

後で、聞いたことだが、ボスの白井の他、天下りの松山と浅井もヘビースモーカーで、誰も文句を言えなかったらしいのである。

憮然とした白井をよそに、会議は進行した。司会の種田は、まず、新メンバーの紹介ということで聡にあいさつを依頼した。白井は、ふてくされた子供のように横を向いたままで、聡を無視して

いる。挨拶が終わって、拍手したのは、板倉と末永のふたりだけであった。後は、ボスの白井に遠慮したのか、みな黙ったままである。

その後、末永の事務連絡のあと、今年度の学科予算とその使い道について、学校側の案が提出され、承認された。この案によると、聡は百万円ほどのお金を校費として使えるらしい。でも、使い勝手が悪そうなんだよなと心の中で、長谷川の意地悪そうな視線を思い出した。

大した案件もなく、会議は一時間ほどで終わろうとしていた。すると、最後に白井が手を挙げて、つぎのような話をし出した。

「実は、みなさんにもご心配をおかけしておりました博士課程の加治の退学が正式に決まりました。わたしも、自分の学科から落伍者を出したくないということで、かなり努力してきたのですが、本人がとんとやる気がなく、三年で博士論文を仕上げることができませんでした。その後、さらに一年頑張れば、博士号がとれるかとも思っていましたが、やはり実力がないことを悟ったのでしょう。思い切った決断ではありますが、本人の将来のためには、この方が良かったかもしれません」

そして、私の方をじろっと、睨んでから次のように続けた。

「このような落伍者でも、若い先生の英気を貰えば、少しは心変わりするかと思い、山根先生の推薦もあって、吉野先生にお預けしようと決めたばかりでした。ところが、その先生と面談した直後の決断だったので、少々驚いています。本人も、これではだめだと悟ったのかもしれません。少し、若い先生には荷が重すぎたかと反省しております。この点、人を見る目がなかったわたしの不明を恥じ入るばかりです」

と言う。何だ、自分が悪いといいながら、聡に実力がなかったから加治はやめたと言わんばかりの発言である。会議が禁煙になった腹いせだろうか。

「しかし、今回の件は、学科の責任というよりも、個人の問題であり、そのような問題の生徒を博士課程に進学させた教授も、すでに退官しております。ということで、東郷学長も寛大にも、この件は問題にはしないと言ってくれております。今後も、学科の発展、ひいては本学の発展のためにも、皆様のお力添えをお願いしたいと思います」

そう言って、席についた。政治家の挨拶みたいだなあと聡が思っていると、驚いたことに、聡のあいさつの時には拍手をしなかった連中が、おおげさに手をたたいているではないか。板倉だけが、ばかが何を言っているんだという風に、顔に笑いを浮かべている。

司会の種田は

「白井先生すばらしいお話ありがとうございました」

とお追従を述べてから、最後にこう言った。

「それと、すでに通知しておりますように、今夜、吉野先生の歓迎会を兼ねた環境量子情報学科の懇親会を大学の謹上会館で開催致します。事務の方々も出席いただく予定ですので、ぜひご出席下さい」

さらに、おまけと言うように

「それから、昨年は一度も教室会議にお出でにならなかった板倉先生が、本日は珍しく出席いただきました。お礼を申し上げます」

と結んだ。そうか、板倉は教室会議には出ていなかったのかと聡は驚いた。

教室会議が終わって、廊下を歩いていると、後ろから板倉が声をかけた。

「加治の件では、本当にお世話になった。ありがとう」

と素直に頭を下げている。

「そんな大したことはしていませんよ。それに加治君は、なかなかできる学生じゃないですか。きっとアメリカで実力を発揮してくれますよ」

「しかし、アメリカとは俺も気づかなかった。それにしても面白い。これからが加治の復讐劇の始まりだ。白井のばか、今に大恥をかくぞ」

と愉快そうに笑っている。そして、振り向いて、右手の親指をたて、わたしにエールを送ってくれた。

復讐劇とは、おだやかではないが、加治が成果を挙げて、世の中に認められることを祈っている。その気持ちは、板倉も聡も同じであった。

7　学科懇親会

謹上会館は、大学の中にある池のほとりに建てられた瀟洒な洋館であった。かつては、みすぼらしいあばら家だったようだが、海外からの賓客をもてなす会館がほしいという要望が多く寄せられ、建設されたものらしい。少人数であれば、国際会議も行えるという。

懇親会は六時からと聞いていたが、新任なので三十分まえに会場についた。すると、事務の何人かが会場の準備をしていた。会館には料理人や給仕のひとも居るが、会費を安くするために、酒やつまみの持込みが許される。佐々木さんはいないかと探してみたが、残念ながら来てはいなかった。

ふと気づくと、後ろ姿のきれいな女性がこまめに働いている。あれ、学科にこんな人がいたかなあと思った。黒いスラックスを履いているが、脚がすらりと長く外人のようだ。しかも頭も外人のように小さい。もしかしたら、このレストランのひとだろうか。

聡が後姿にみとれていると、その女性が振り返った。聡は驚いた。長谷川じゃないか。そう言えば、いつも椅子に座って、意地悪そうに下から見上げるような顔しか見ていないので、全身を見たことがなかった。それにしても、少しでも素敵だなと思ったことを大いに後悔した。

「あら、吉野さん、はやいですね。まだ、時間がかなりありますよ」

また、吉野さんかと少しむっとしていると、長谷川が笑顔になった。このひとでも笑うのかと思っていると
「あら、板倉先生。どうなさったんですか」

と聡の後ろに声をかけた。そこには板倉が立っている。

「いや、久しぶりに長谷川ちゃんの尊顔を拝したくて、やってきたんだけど、ちょっとお邪魔だったか」

と聡の顔をみる。聡はむきになって
「何冗談をいっているんですか。板倉先生。わたしもいま来たばかりですよ」

とあわてて言った。不覚とはいえ、先ほど長谷川の後ろ姿にみとれていたことを思い出して、ちょっとしどろもどろになってしまった。

「そうか、吉野ちゃんも長谷川ちゃんねらいかと思って、ちょっとあわててしまったんだよ」

長谷川は、板倉の戯言を無視して
「それにしても、板倉先生が学科の飲み会に出られるなんて珍しいじゃないですか。少なくとも、

私は一度もご一緒したことはありませんよ」

「だから言ってるじゃない。長谷川ちゃんに会いたくなったって。そうそう、今日は二次会にいっちゃおうね。約束だよ」

長谷川は、その誘いには応えず準備を続けた。そして、こう言った。

「そうか、板倉先生は吉野さんのことが心配なんですね」

聡は一瞬、何のことか分からなかった。板倉が自分を心配してくれているなんて思いもよらないことだ。

「長谷川ちゃんも冗談がきついね」

と板倉も相手にしない。

「ところで、長谷川ちゃんは、なんで吉野だけ吉野さんと呼んで、先生とは呼ばないの。何かわけでもあるんじゃない」

と探りを入れてきた。聡も、少し不思議に思っていたことなので、長谷川の言葉を待った。

「特に理由はありません」

と長谷川は杓子定規に答えた。

「昔、恋人どうしだったりして」

板倉がちゃかすと、長谷川はがらにもなく

「そんなことがあるわけないじゃないですか」

と恥ずかしそうに逃げていってしまった。

板倉は、聡の顔を見て、あれは一体何なんだという顔を向けてくる。聡には、まったく心当たりがないことだった。

会が始まる五分前になると、ほぼ全員が顔をそろえた。聡のお目当ての佐々木さんも参加していた。しかし、どうやら座席は、あらかじめ決まっているようで、事務の女性は、角の方に固まって座っている。聡は主賓ということで、上座に座らされてしまった。まさか、白井の隣ではないだろうなと思っていると、両隣には、司会の種田と主任教授の山根が座った。

全員が顔をそろえて会が始まろうとするころ、驚いたことに、一際立派な椅子が会場に運ばれてきた。どうやら白井の席らしいが、こんな懇親会でも特別席とは驚くばかりである。しかも種田がその席の前に灰皿を置いている。

聡は、ちょっとよろしいですかと席を立った。

「いま、会場に灰皿が置いてありますが、まさか、喫煙されるわけではないですよね」

と確認した。

もちろん喫煙ですがと種田が応えたので、

「先ほどの教室会議でも申しましたが、このような会合で喫煙されるのには問題があります。禁煙にして下さい」

と申し入れた。

するとそこに白井が巨体を揺らして入ってきた。おまたせという仕草で、みなに手を挙げている。

「いや、今日はビールがうまそうだな」

と悦に入っている。加治の件が片付いたので上機嫌なのであろう。それじゃ一服するかとタバコを出したところで、板倉が声を上げた。

「白井さん。悪いが吉野先生の提案で、この場も禁煙だ。タバコはよしてくれないか」

「なんだと」

急に白井が怒り出した。

「飲む時にタバコってのは日本じゃ当たり前なんだ。ここはアメリカではないんだぞ」

と騒ぎたてた。まるで、ちんけなやくざものである。

すると、白井の秘書の柳井さんがやんわりこう言った。

「白井先生。この会は女性もたくさん参加しておられます。この場ぐらい我慢していただいてもよいのではないですか。それに、先生の健康のことも心配ですし」

そう言われたら、白井も無理にとは言えなくなったようだ。聡をひとにらみすると、自席にふんぞりかえった。

種田が、その場をとりなすように、それでは乾杯致しますので、グラスに飲み物をお注ぎ下さいと声をあげた。ふと見ると、佐々木さんはジュースを注いでいる。長谷川は、もちろんビールだ。やはりなというようにグラスを見ていたら、長谷川にじろっと睨まれた。先ほど、後ろ姿に少しでも惹かれたことを大いに後悔した。

それでは、学科主任の山根先生の音頭で乾杯致します。そう種田が切り出して懇親会が始まった。聡は、挨拶をうながされ、簡単な自己紹介をしたが、拍手してくれたのは、事務のひとたちと板倉だけで、白井一派は完全に無視を決め込んでいる。山根が拍手しかけたが、白井にじろっと睨まれて、その手を下に置いてしまった。

会が進むと、最初は不機嫌だった白井もどんどん機嫌が良くなった。それにしても、よく飲む。すでにビールを終えて、ワインをがぶ飲みしている。料理も、ひっきりなしに口に入れている。これでは太るわけだ。自主管理がまったくできていない。

ひとしきり飲んだ後、白井が上機嫌で話をし出した。どうやら、今年の日本学会賞をとることが決まったらしい。それも、最近機嫌がいい理由だったようだ。末永事務長が

「ぜひ学科としてお祝いをしたい」

と申し出たら、とりまきが

「ばかを言うんじゃない。学科ごときのお祝いですむわけがないだろう。大学としての名誉だ」

とはしゃいでいる。
その後、白井は子分たちを引き連れて二次会に出かけていった。もちろん、誰ひとりとして聡を誘おうとはしない。白井行きつけのスナックが近所にあるらしく、そこで秘密会議が開かれるという。
聡は佐々木さんがどうするのか気になったが、女性陣は、ほとんどまっすぐ帰宅らしい。そのまま帰ろうとすると、板倉が、ちょっと引っかけて行こうかと誘ってきた。断るのも大人気ないと思い、誘いに乗った。板倉は、長谷川にも声をかけていたが、丁重に断られたようだ。聡も、長谷川が一緒では楽しくない。少しほっとした。
板倉が連れて行ってくれたのは、大学から歩いて五分ほどの細い路地にあるこじんまりとした「福や」という小料理屋だった。のれんをくぐると、四十がらみのおかみさんが
「いらっしゃい」
と迎え入れてくれた。先客はなく、板倉と聡だけであった。とはいっても、カウンター席が六席程度しかないので、先客がいたら入りにくい。おかみさんは、板倉に
「あら、先生久しぶり。先生がひとりじゃないのは珍しいわね」
と驚いている。板倉は友人がいないのであろうか。板倉は
「ママ、料理を適当にみつくろってくれるかな。前の会で少々食べてきたから軽めのもので結構。

あと、吟醸酒でいいのがあったら出してくれる?」

店の冷蔵庫には、いろいろな日本酒が置いてあり、どれも味は絶品だった。料理も上品な味わいで、すべて洗練されている。こんな店に佐々木さんと来てみたいなと思っていると、板倉がこう切り出した。

「この辺の店は、全部、東郷や白井の息がかかっていて、あいつらの悪口を言おうものなら、すぐに告げ口されるんだ」

「えっ、そんなばかなことがあるんですか」

「大学街の飲食店にとっては、大学が落とす金がすべて。そして大学の金はあいつらが自由にあやつっている。生きるためにはしようがないんだよ。この店は例外だけどね」

「ところで、今日誘ったのは、あらためて加治の件でお礼が言いたかったからなんだ。本当にありがとう」

「いえ、とんでもありません。それに板倉先生が感謝するのはおかしいですよ」

「最近、加治からメールがあって、相当張り切っていたよ。毎日が充実してると書いてあった。地獄から天国だから当たり前か」

「ええ、わたしも加治君がお世話になっている教授から、彼は大変な宝物だというメールを貰いました。向こうも喜んでくれています」

「あいつは優秀なやつで、おれも目をかけていたんだ。それが、ばかな連中の餌食になってしまって、とても残念だったんだが、本当に助かった。それにしても白井をはじめとして、あのばかどもはどうしようもないな」

「えっ、何のことですか」

「今度、日本学会賞をとるとか言ってたろう。あれは、金で買ったんだよ」

「そんなばかな。日本学会賞といえば、権威ある賞じゃないですか。それを金で買うなんて、そんなことできるわけがないですよ」

「それが、日本という国は、そうはなっていないんだ。審査員も人の子というわけさ。今回は三千万円使ったという噂だ」

聡には、にわかには信じられない話であった。

「それと、もうひとつ忠告がある。今回、吉野は白井に敢然と反旗を翻したと思われている。相当のしっぺ返しを覚悟した方がいい。特に、予算の使い方には度をすぎると思われるくらい潔癖を貫いた方がいい」

「分かりました。ありがとうございます」

聡は、いつのまにか板倉を好きになる自分を感じていた。それからは、大学の話はやめて、おかみさんと三人でとりとめのない話をした。久しぶりに楽しい酒を飲んだ。酔っていて忘れてしまったが、アメリカでの失恋の話もしたようだ。

最後は、板倉と肩を組みながら、イエスタデイワンスモアを熱唱して、駅まで歩いて帰った。でも、なぜカーペンターズだったのだろうか。

8　陽動作戦

板倉の忠告はあったものの、何事もなく一ヶ月が過ぎた。聡も東都大学の生活に大分慣れてきた。大学院生を二人受け入れているせいもあって、実験室を使わせないといったような露骨ないやがらせは白井一派からはなかった。

長谷川は、あいかわらず予算の使い方には厳しかった。実験や研究に明らかに必要と思われるもの以外の購入は頑として認めてくれないのである。この前も、試験片の加工を宅配便で送ろうとしたら、内容がどういうもので、どのような研究のために必要なのかを明らかにしろと言われた。聡にはいじわるとしか思えなかったが、些細なことで争ってもしようがないと、半ばあきらめて、長谷川の指示に従っていた。

佐々木さんは、あいかわらずやさしく、朝のあいさつもていねいであった。一度食事に誘おうかと思ったが、思いとどまった。もし、断られでもしたら、いまのいい関係がくずれてしまう。

研究の方も順調に進んでいた。デイビッドから、共同研究の申し出があり、それは、もちろん彼の好意なのだが、よろこんで引き受けた。加治の仕事も順調らしく、必要な予算は自由に使えるとメールで書いてきた。デイビッドによると研究所全体で加治の研究を支援しているようである。

聡は、時折、加治から相談を受けている。英語にも大分慣れてきたようであるが、まだまだ不慣れなところもあるらしく、微妙な言い回しや、研究の内容でも、自分の意図することが通じないことがあると嘆いていた。そんな時は、デイビッドを通して、聡が意思の疎通を図れるように手配していた。夏休みになったら、一度、たずねていって、ディスカッションをしようと考えている。

加治の結晶づくりは順調のようだ。白井にだましとられた結晶では、まだ不純物を完全に取りきれてはいなかったが、加治のアイデアで、ほぼ完璧なものができるようになっていた。研究所の評価チームが、本格的な分析に入ったという。データが楽しみである。

そんなある日、白井から呼び出しがかかった。重要な話があるので、部屋まで来てほしいということであった。部屋をたずねると、柳井さんが、頑張ってというようにやさしくほほえんでくれた。教授室に入ると、白井は豪勢な椅子に座ったままで、明らかにタバコを吸った後の煙が、部屋に充満していた。タバコの煙が苦手な聡への嫌味のつもりなのだろう。

「今日はいったい何でしょうか」

こういうと、白井はいかにも困ったといった様子で、つぎのように切り出した。

「実は、君の任期のことで少し問題が起こっているんだ」

「私の任期のことですか」

「ああ、いちおう五年という任期なんだが、大幅に短縮すべきという意見が出ている」

自分が何かしただろうかと思いながら、つぎの言葉を待っていると
「実はね、加治君の件なんだ。東郷学長は不問に付すと言ってくれたんだが、事務方がうるさくてね」

「加治君の件とはいったい何ですか」

「前にも言ったように、私としては、一年延ばしてでも、彼に博士号をとってほしいと願っていたんだ」

こころにもないことをよく言うなと聡はあきれた。

「実は、いま国立大学法人では、文化省のご指導で、できるだけ多くの博士を世に送り出すことを大きな命題としている。これは、政府の大方針でもあるんだ。科学技術立国というスローガンを君も聞いたことがあるだろう」

「それは知っていますが、それが、加治君の件とどう関係があるんですか」

「加治君の退学は東郷学長が言われるように、個人的な問題ではある。だが、事務方としては、博士号をわが大学で取得しようという学生に、その直前に逃げられたことになる」

「しかし、本人がやめるというのを、大学が止めることはできないのではないでしょうか」

「まったく、その通りなんだが、加治がやめた理由に問題ありと事務方は見ている」

「彼がやめた理由ですか」

聡は、それはお前のせいではないかと心の中でつぶやいた。

「事務の連中が問題視しているのは、加治君を君の研究室に配属したとたんに、彼が退学してしまったということなんだ」

「はあ」

「事務の連中は、君が彼をいびりだしたと見ている」

「私が、加治君をですか」

「そうなんだ。私も、君が日本の大学を一度も経験することなしに、アメリカから来たんで、米国流を彼に押し付けたのではないかとちょっと心配していてね。事務方に対しては、ずいぶんと君を庇ったつもりなんだけど、向こうもなかなか頑固でね。そんな人は即刻クビにすべきと言い出したんだ」

「でも、私が加治君をいびりだしたという証拠は何もありませんよ」

「君は、アメリカに長いから、弁護士のように証拠を出せというかもしれんが、日本はそうではない。状況証拠というのがもっと大事なんだ」

「状況証拠ですか」

「そう、本人も、もう一年頑張ってみようとしていたところで、君の研究室に配属になった。そして、すぐに退学。こうなれば、誰がみてもふたりの関係に問題があったと思うのではないかね」

「しかし、それだけで問題になりますか」

「実は、君だけの問題では済まされない状況になりつつある。加治君を君が指導するように手配した山根君の責任問題にもなりつつあるんだ。日本では、連帯責任というのが厳しく律せられるからね」

「でも、山根先生は白井先生も了解してくれていると言われていましたよ。連帯責任というのであれば、白井先生にも責任があるんじゃないですか」

「何を言ってるんだきみは。僕は何も相談を受けとらんよ。学科のことは、すべて山根にまかせているんだから。勝手なことを想像で言ってもらっては迷惑だ」

「勝手なことを想像されて迷惑なのは私の方です」

「何を言っている。いざとなったら加治本人に聞くとまで事務方は言っているんだ。もし、少しでも問題があったら、君の人生に傷がつくことになるんだよ」

白井は、いったい何を考えているんだろうか。加治に聞いて、いちばん困るのは自分ではないか。それとも、うまく丸め込んで、聡を陥れるつもりなのだろうか。

「加治君も家業を継ぐそうじゃないか。実は、彼の実家は文房具屋をやっていて、わが大学ともまんざらつきあいがないわけじゃない」

そうか、大学との契約をえさに口を封じる作戦か。どこまでも汚いやつらだと聡は思った。加治のために、しばらく米国に行ったことは秘密にしておく積りであったが、いい機会かもしれない。加治も向こうの大学で、必要とされている。いまさら東都大学から横槍が入っても問題ないだろう。

「実は、加治君は、私が前にいたオーランド大学にいます」

こういうと、白井は実に驚いた顔をした。

「おい、今何といった」

「彼は、私の推薦で、アメリカの大学の研究所の研究補助員として働いています」

「そんなことは聞いてないぞ。誰がそんなことを許可したんだ」

「大学を退学したのですから、本人の意思で決めたことに誰も文句は言えませんよ」

「山根はこのことを知っているのか」

「山根先生はもちろんのこと、ほかの誰も知りません。加治君と私が相談して決めたことですから」

板倉が知っているということは伏せておいた。

「それから、加治君と私は共同研究をしています。ですから、私が彼をいびり出したなんてことは、デマだということがすぐにばれますよ」

「おい、今何と言った。共同研究だと。俺はそんなことを認めてはおらんぞ」

「いいえ、ちゃんと認めていただいてますよ。先生が承認したというハンコも、しっかりいただいています」

この時、聡は長谷川に感謝していた。実は、デイビッドから共同研究の申し出があった時に、聡は何も手続きをしなかった。個人的な問題だと捉えていたのである。ところが、デイビッドからオーランド大学の研究所に出す手続き書のコピーがファックスで送られてきた時、長谷川が偶然それを見て、聡に注意したのである。長谷川が英語を理解していることも驚きだったが、そのファックスから、聡が共同研究を計画しているということも、すぐに察したようだ。長谷川は、そんな勝手なことをしたら問題になるとがなりたて、聡に学内の手続きを、すぐにとるよう促した。実は、加治のことがあったので、聡としては、あまり表だったことをしたくはなかったのだが、それは取り越し苦労だった。学内申請書に英語の共同研究契約書を添付して申請したのだが、誰からもとがめられることもなく、数日後には許可が下りた。実は、その契約書には、オーランド大学側の研究補助員として加治の名前があったのだが、誰も気づかなかったようだ。もちろん、そこには白井の判も押してある。

「俺のハンコだと。しかし、俺は認めた覚えはない。それに何で加治との共同研究になるんだ」

「いずれ、正式な許可が下りている申請です。また、事務方には、私から説明しますので、どなたに話せばいいのか教えて下さい」

そういうと、白井はあわて出した。事務といいながら、自分が言い出したに決まっている。

「いや、そこまでする必要はない。正式な許可が下りているかどうか僕が確認しよう。それまで、この問題はペンディング」

ペンディングも何も、まったくのぬれ衣だ。

「では、失礼します」

と言って、白井の部屋を後にした。

板倉から忠告を受けていたが、このようなかたちで攻撃があるとはまったく予測していなかった。しかし、それにしてもまぬけな脅しだと思ったが、少し考えてぞっとした。もし長谷川の忠告に従わずに、白井の許可をうけていなければ、必ず、なんだかんだと難癖をつけられ、責任をとらされていたであろう。九死に一生とは、まさに、このことか。

聡は、どうしようか迷ったが、今日のことは板倉の耳に入れておいた方がよいと思った。事務で確認すると板倉は部屋に居るという。ちょうどいい機会だ。板倉の部屋がどんな部屋か見てやろう。

部屋のドアをノックすると、板倉は
「おお、吉野君か、入ってくれ」

と中に招じ入れてくれた。大きさは、確かに聡の部屋よりも少し大きいが、やはり狭いという印象を受けた。驚いたことに、壁は洋書ですべて埋まっており、机の上は読みかけの論文や雑誌で覆われている。すべて英文だ。

「狭くて悪いな。ところで、白井は何と言ってきた」

「あれ、僕が白井先生に呼ばれたことをご存知なんですか」

「こう見えても、俺のシンパがいるんだよ。もし君が俺のところに来なかったら、こっちから行こうと思っていたところだったよ」

聡は、白井とのやりとりを説明した。

「白井のやりそうなことだ。事務方とかなんとか言っているが、全部あいつがしかけたことだろうな」

「ええ、僕もそう思いました」

「それにしても、長谷川ちゃん、さすがに機転が利くね。もし申請書が出ていなければ、おそらく、それを理由に吉野君はクビだったろうね」

「わたしも、少しほっとしています」

「まあ、でも白井には英文が読めないから、いくら契約書を添付しても、吉野君が心配するようなことは起こらなかっただろうけどね」

「えっ、英語が分からないんですか」

「ああ、東都大学の教授連中に英語の堪能なやつはほとんどいないよ」

「それでも、英語で論文を書かれている先生がやまのようにいるじゃないですか」

「ああ、あれか。あれは、専門の翻訳業者に金を払って、日本語を翻訳してもらっているんだよ。その日本語も学生に書かせたものだから、どうしようもない」

聡には、にわかには信じられないことであった。

「ただし、加治のことがばれたのは、少しまずかったかな」

「そうですか。私も迷ったんですが、もう大丈夫だろうと安心して言ってしまったのですが、まずかったですかね」

「多分大丈夫とは思うが、あいつら、常識では考えられないことをしてくるからな。前にも、文化省と外国省を使って、優秀な外国人を追い出したことがあるんだ。その外国人、かわいそうにビザをとりあげられちゃったんだよ」

「そうですか。国家権力が悪党に味方しているのは困りますね」

「とにかくこの件は、加治とデイビッドにも至急、連絡した方がいいだろう」

「分かりました」

「まあ、吉野君に何もお咎めがなくてほっとしたが、あいつら次の手を考えてくるから、気をつけといた方がいいぜ」

聡は、悲しくなった。大学とは学問の府であり、教育や研究に情熱を傾ける場のはずである。それが、権力を握った愚鈍な連中が支配している。板倉は、日本の大学はどこも似たりよったりと話しているが、それならば、日本の将来は暗い。

「ところで、板倉先生の蔵書はすごいですね」

「本を並べるだけなら、ばかでもできるよ」

「実は、先生の専門をよく聞いていなかったんで、いつかお部屋におじゃまして、じっくり聞こうと思っていたところなんです」

聡は、興味深そうに板倉の蔵書を眺めていた。

その時、ふと、サンタモア研究所という文字が目にとまった。

サンタモア研究所は、アメリカの研究者が複雑系という学問を創始したことで有名な研究所である。現在の多くの学問は、ごくごく単純化されたものしか扱えない。たとえば、二個の粒子の相互作用は計算できるが、三個以上となると厳密計算ができないのである。ところが、普段われわれが扱うのは、莫大な数の粒子の集合体である。このような系は、真正面から取り組んだのでは対処できない。そこで登場したのが、複雑系である。しかも、複雑系は理系だけではなく経済など、ありとあらゆる分野に波及効果がある。このため、大きな注目を集めたのである。

この研究所は、人種や職種に関係なく、すべての研究者に開放されていた。よって、世界中から野心的な研究者が集まってくる。

何年か前に、この研究所が主催して、複雑系に関するシンポジウムを開いたことがある。この会議は世界中の注目を集めた。会議の基調講演で、ノーベル賞を受賞した著名な物理学者がとうとうと自分の考えを述べた。複雑系を扱うためには、いままでの学問を全否定して、まったく新しい物理を構築する必要があるとうったえたのである。

これに異を唱えた研究者が居た。若くて、背の高い日本人研究者である。彼は、莫大な粒子を取り扱うのに、われわれは統計的な手法を取り入れてきた。もちろん、その方法は完璧ではないが、従来の学問を全否定すべきではないと反論したのだ。

ふたりの議論は長時間にわたったが、多くのひとが驚いたのは、日本人研究者の弁がたつことであった。日本人の英語下手は世界的にも有名である。しかし、この研究者は、流暢な英語で、しかも、臆することなくノーベル賞学者と対等に渡り合い、最後には多くのひとがこの日本人に賛辞を贈ったという。そして、その若き研究者の名前が確か K. Itakura だった。

聡は、思わず声に出していた。

「もしかして、先生は、あのサンタモア研究所のドクター・イタクラですか」

板倉はそれがどうしたと言わんばかりに

「サンタモア研究所に勤めたことはないが、シンポジウムに参加したイタクラは私だよ」

と答えた。

聡は絶句した。あの伝説のItakuraが、目の前にいる板倉だったのだ。デイビッドが板倉の名を大学の名簿でみつけて、わざわざ聡に連絡してきた理由がようやく分かった。それにしても、世界的に評価の高い先生を、こんな犬小屋のような部屋に押し込めている東都大学とはいったいどんな大学なんだろうか。聡は腹が立ってきた。

「あの有名な板倉先生を、こんなひどい目にあわせるなんて、この学校はいったいどういうところなんですか」

憤慨してそういうと、板倉は笑った。

「おいおい、研究者はいま何をやっているかが大事なんだ。過去の栄光なんか何の役にも立たないよ」

「でも、白井みたいなばかがのさばっているじゃないですか」

「おいおい、白井とはじめて呼び捨てにしたな。でも、吉野君みたいに前途有望な若者は、もっとうまく世の中泳いでいかなきゃ。とは言っても、もう遅いか」

聡の板倉に対する印象は、はじめて会った頃からかなり好転していたが、ここで完全に尊敬にかわった。この大学にいつまで居られるか分からないが、せっかく板倉と知り合ったのだ。これからは、学問の話をできるだけしよう。こう心に誓った。

9 反撃

聡は、時折、板倉の部屋を訪れては、研究の相談をするようになった。聡の研究はナノの世界であり、原子数としては、かなり数の少ない領域である。一方、板倉の研究はよりマクロな世界であり、莫大な数の粒子の相互作用を統計手法を駆使して扱おうとする野心的なものである。とは言っても、聡の研究に板倉の研究成果は大いに役に立った。特に、板倉が最近さかんに研究しているエントロピーの統計的な解析手法は、自己組織化をナノレベルで進めようとする聡の研究には大いに参考になった。ようやく聡は、東都大学に来たことを良かったと思うようになった。板倉との出会いは、佐々木さんに出会ったことと同じくらい重要なことに思えた。

そんな時、デイビッドから緊急のメールが入った。米国移民局からのクレームで加治の滞在が難しくなったというのだ。どうも、日本の文化省や外国省がからんでいるらしい。白井が裏から手を回したようだ。

実は、板倉の情報によると白井は、聡の共同研究申請を白紙に戻そうと算段したらしい。ところが、自分のハンコが押されていたために、事務から色よい返事はもらえなかったという。事務としても、無理に白井の要求を聞き入れると、自分たちに責任が及ぶ。そして、幸運であったことに、今回の申請書に関しては、なぜか末永事務長がコピーを何枚もとっていて、いろんな部署に根回ししていてくれていた。さすがの白井も、これでは手が出ない。

しかし、次の手を打ってくるのもはやい。デイビッドのメールによると、加治は、ビザなしで米国に入国したらしい。ビザの下りるのを待つよりも、早く米国に来た方がよいとのデイビッドの判断らしい。その後、就労ビザを取得したのだが、この過程に問題があるとクレームがついたようだ。普通は大学で働いている場合には、このようなことはあまり問題とされないのだが、日本の外国省からクレームが入ったのでは、移民局も動かざるを得なかったということなのだろう。デイビッドが、この問題に関しては大学の幹部を動かして何とか滞在ができるように頑張っているが、最悪の場合には、いったん加治を日本に帰国させなければならないと言ってきた。

さっそく板倉に相談しに行った。

「まあ、加治が日本に戻ってくるのは覚悟しといた方がいいな。その時、気をつけるのは、どんな手で、あいつらが加治の米国行きを阻止するかということだ」

「なんで、加治がアメリカに行ってはまずいんですか」

「実は、白井の結晶は、一度アメリカでも大変な評判になったんだ。ところが、その後、同じ結晶がまったくできない。このため、あの結晶は白井が本当につくったのかと疑いだした研究者がいるらしい。そこに、加治の結晶が現れたら、あいつの悪事がばれてしまうだろう」

「なるほど」

「とは言っても、白井はしらを切りとおすだろうけど、ダメージはぬぐえないよな」

しかし、考えてみれば、もともと加治の研究で、白井はいっさい関係ないのであるから、本来の姿に戻るだけのような気がする。

「それに、今度の日本学会賞。大学としても派手に宣伝し、祝賀パーティも計画しているらしいが、その功績の大きな部分が、あの結晶だから、白井としても心穏やかではないだろう」

「えっ、加治の成果で日本学会賞をとるんですか」

「ま、他にも成果がないわけではないが、それも他人のものを盗んだものだよ」

「他にもだまし取ったものがあるんですか」

「白井は、研究者としてのセンスはゼロだ。多分、いまやらせたら小学校の算数も、まともにできないだろう。その程度のばかに研究成果なんか出せるわけがないじゃないか」

小学校の算数ができないというのは少しおおげさなような気もするが、確かに、白井が中学校程度の英語が読めないおかげで、聡は命拾いしている。

「でも、他人の成果を盗んで何が面白いんですかね」

「吉野君は感じたことがないだろうけど、才能のない研究者ほどみじめなものはないんだよ。それが、有名大学の教授になったらなおさらだ。他人からみれば、大学教授になってうらやましいと思われるかもしれないが、研究のアイデアが浮かんでこないのでは、かえってつらいんだ。そして、結局、自己嫌悪にさいなまれる。だから、そういう連中は、その反動で権力抗争にうつつをぬかすようになる。白井や東郷がいい例さ」

「しかし、他人の成果をだましとると言っても、そう簡単ではないんじゃないですか」

「まあ、権力がないなら難しいだろうけど、役所とぐるになっていれば簡単なんだよ」

「どんなからくりなんですか」

「いま、国は科学分野に膨大な予算をつぎ込んでいる。研究予算の分配は表向きは公募制になっているが、多くのものはかたちだけだ。特に、何億円もの金がつくプロジェクトは最初から誰に出すかが決まっているのがほとんどだ」

「そういう話は聞いたことがありますが、でも、それは国がある程度重要な分野を決めているからだと聞きます」

「聡、少し考えが浅いね。誰がその重要な分野を決めるんだい」

「それは、国から選ばれた優秀な研究者ではないでしょうか」

「そう、その通り。役人が選んだ研究者。つまり権力者で、研究者ではない。大金をもらってきて喜んでいる政治屋だよ」

「しかし、それと、研究成果を横取りすることとどんな関係があるんですか」

「それでは、白井たちの手口を教えようか。実は、世の中には金には恵まれないが、結構面白い研究をしている研究者がたくさん居る。だけど、優秀な研究者というのは、予算獲得があまりうまくない。当たり前だよ。予算獲得するためには、自分の研究をすればこんな成果が出ると書かなければならない。だけど、結果をそんなに簡単に予測できるなら、研究などする意味がないだろう。だから、優秀な研究者は、そんな提案をすることに矛盾を感じてしまうんだ。結局、予算獲得も下手になる。そこで登場するのが白井たちだ」

確かに、聡も以前にデイビッドから頼まれて、予算獲得のための書類を作ったときに苦労したことを覚えている。先端的な研究ほど、結果を予想できないものなのだ。ところが、申請書には、どんな結果がいつまでに得られ、それがどのように世の中に貢献するかを書かなければならない。それが分かっていたら、研究などする意味がない。もし、結果が予測できる研究があるとしたら、それは、それこそ、研究に値しないものであろう。

「そこで、白井たちは、こういう予算獲得の下手な研究者に声をかけるんだ。大型プロジェクトのメンバーになってくれといってね。その研究者は大喜びだ。白井大先生のおかげで予算が使える。ところが、ここに落とし穴がある。白井は共同研究者と称して、自分の子分を、この研究者のもとに送り込む。そして、すべてを盗んでしまう。発表する時には、いつの間にか白井と子分の成果というわけさ」

「しかし、それでは、その研究者は納得しないのではないですか」

「うん、ほとんどは共同研究でごまかされることが多い。論文の共著者にして、成果を分け合う。少々不満や文句があっても、天下の東都大学の大教授だ。逆らったらどうなるか分かったもんじゃない」

「何か割り切れないですね」

「実は、白井に真っ向から立ち向かって討ち死にした研究者がいたんだ。彼は、当時は地方の国立大学の助教授でね、最初は白井の共同研究チームのひとりとして参加していたんだ。ところが、同じ手口で、うまく白井に成果をだまし取られてしまった。しかも、白井は、地方の助教授ということで、論文に名前さえ出さなかった。ひどい話だよ。そこで、この助教授は、文化省にクレームをつけた。あれは、自分の成果だとね」

「それでどうなったんですか」

「文化省が白井に告げ口をした。そこで、取った作戦がこの助教授のいる大学の学長へのクレームと、徹底的な個人攻撃だよ。あいつは、他人の成果を自分のものと言いふらす不届きものだと喧伝する。そして人格否定をする」

聡は、この話を聞いて、何か加治の時と似たような手口だなと思った。やり口は、やくざそのものである。

「でも、文化省がそんなことをするとは思えませんね」

「文化省も、自分のところが出した予算で問題が起きたとなると、つぎの予算で財産省から削られる恐れがある。白井を問題にするよりも小物の助教授をスケープゴートにした方が丸く収まるってわけだよ」

「結局、その助教授はどうなったんですか」

「当然、大学をクビになって、いまでは塾の講師をしているらしい。研究関係の仕事はすべて白井の手がまわっているから、再就職は適わなかったらしい」

「しかし、それはひどい話ですね。日本の将来はどうなってしまうんですか」

「今の日本に限ったことじゃない。昔から、権力者とはそんなもんなんだ。それでも、そこにレジスタンスが登場して、何とか世の中を良くしようとする。それで、歴史は動いていくんだ」

「僕は義憤に駆られます。しかし、白井というやつはどういう頭の構造をしているんでしょうか」

「まあ、中身がないのは確かだな。白井の日本学会賞の受賞理由になっている成果は、すべてこうやって他人から盗んだものなんだよ」

聡は、暗澹たる気分になった。もし、自分が、何か賞を与えられたとしても、それが他人のものだとしたらどうだろうか。世間体はよくても、決して自己満足は得られないはずである。

「ところが、今回の加治の件は、白井の手の及びにくいアメリカがからんでいる。窮鼠猫を噛むというが、白井がどんな手を使ってくるか注意した方がいいな」

板倉もいたたまれないのか、こんな日は吟醸酒をひっかけて憂さを晴らそうということになった。そして、ふたりで小料理屋の「福や」に繰り出した。やはり、料理も酒も最高であった。板倉からは、彼がアメリカに居た時の話を聞いた。何と、板倉も帰国子女だった。どうりで英語がうまいはずだ。

聡は、失礼だとは思ったが、ふと、板倉がなぜ独身のままなのかを聞いてみた。すると、板倉は、長谷川に結婚を申し込んだが断られたからだと話した。そんなばかなと思ったが、板倉はいたって真面目であった。そしてこう言われた。

「聡、おまえ長谷川ちゃんがめがねをとったところを見たことがないだろう。すごい美人だぞ。それに性格も最高だ」

と言う。最近、二人で居るとき、板倉は聡を名前で呼ぶようになった。アメリカ式だ。俺をケンと呼んでもいいぞと言ってくれるが、とんでもない。これから一生かかっても板倉先生としか呼べないだろう。

板倉の話を聞いていたおかみさんが

「ああ、あの板倉先生が一度連れてきた美人ね。何か日本人離れしていて素敵だったわ」

と間に入ってきた。

なんだ、長谷川はここに来たことがあるのか。

おかみは
「それに、飲みっぷりも最高だったわ。そうだ、今度は三人でいらっしゃいよ。とても楽しい飲み会になるわよ」

と言う。冗談じゃないと聡は内心思った。すると、おかみの口から、とんでもない話が出た。

「それに、吉野先生も失恋の痛手から抜け出せるかもしれないじゃない」

「失恋って。僕そんな話しましたっけ」

「何言っているの。この前、板倉先生といらした時に、話していたでしょう。だからイエスダデイワンスモアではなかったの。あの日をもう一度って」

聡は、うかつな自分に気づいた。この前、気分よく飲みすぎてしまったらしい。言いたくはない過去の話を、しかも初対面の人間の前で話してしまったのだ。

「それで、そのえりさんという方とは、やはり連絡がつかないの？」

聡が、アメリカの公立学校に通っていたときのことである。中学三年生だった聡は、学校ではスポーツと勉強に一生懸命だった。特に、バスケットボールと野球は学校の代表選手として活躍していた。当時、同じ地区に住む多くの日本人は日本人学校に子供を通わせていたが、聡は公立の学校に通った。小学校から通っていたので、英語にまったく不自由していなかったのと、せっかくアメリカに来たのだから、アメリカの生徒と交流した方がよいという父親の方針もあった。一方、日本人の多くの親は、学力が後れることを心配して、日本の授業の進展にあわせた日本人学校に通わせたがったのである。

この時、中学一年生に「えり」という日本人の女の子が転校してきた。親の仕事の関係ということであったが、日本人がアメリカの他の地区から転校してくるというのは珍しいケースであった。たいがいは日本から親が赴任してくるのと一緒にアメリカにくるからだ。

聡はえりのことが気にはなっていたが、自分から話しかけることはしなかった。日本人の数が少ないとかえって遠慮がちになってしまうのだ。ただ、クラスメートが、かわいい日本人の女の子が転校してきたのだから、自分たちにも紹介しろと、しきりとけしかけてきた。

知り合うきっかけができたのは、えりがバスケットボールのチームに入ったからである。もちろん、女子チームは男子とは別行動であるが、ある時、聡のバスケットボールの試合に、えりが女子チームのメンバーと応援にきてくれた。その試合は第四クオーターに聡のロングシュートが決まって逆転に成功した。

試合の帰りにピザ料理店で祝勝会をした。女子のチームも参加して、みんなが聡を祝福してくれた。そこで、はじめて、えりとじっくり話すことができた。会話は英語と日本語がまじったもので、まわりのみんなは珍しそうに二人の会話を聞いていた。よく、アメリカの友人たちから日本語を教えてくれと言われたので、意識して、日本語を取り混ぜて話していたのだ。えりのおかげで、それまであまり話をする機会のなかった女の子たちとも仲良くなった。

えりは、とても目の澄んだ女の子だった。聡は、当時もうすでに一七五センチの身長があったので、一五〇センチのえりは、本当に小さく見えた。週末は、二人で一緒にいろいろなところに遊びに出かけた。自転車にのって、ちょっと街はずれの公園にでかけるのが気に入っていた。公園には池があって、そこで、よくボート遊びをした。また、公園のコートでは、バスケットボールやテニスもして遊んだ。たわいないと言えばそれまでだが、とても幸せだった。

聡は、えりをホームカミングのダンスパーティに誘った。これは、学校対抗の試合を自分の学校、つまりホームで開催した時に開く正式なパーティである。中学生のくせにと思うかもしれないが、このパーティに誘うということは、ふたりがカップルということを宣言するようなものである。

パーティの後、聡はえりを自宅まで送って行った。その時、えりをそっと抱き寄せて、おでこにキスをした。いやがるかと思ったが、えりは聡の好きなようにさせてくれた。心臓が破裂するかと思ったが、今、思えば、あの時、なぜ唇にキスをしなかったのだろうと残念でしかたがない。アメリカでは、中学生のカップルでも、結構、普通にキスをしていたからだ。

ところが、そんな楽しい日々も終わりを告げることになった。えりの父親が日本に帰ることになったのだ。聡はとても残念であったが、どうすることもできなかった。最後の夜に、聡はえりをそっと抱きしめた。キスはしなかったが、えりの体はとても柔らかく、そしていい香りがした。

えりは、日本に帰ったら必ず手紙をくれると約束してくれた。えりから最初の手紙が来たときは、ものすごくうれしかった。そこには、いますぐ会いたいと書いてあったからだ。聡は、すぐにも日本に行きたいと思った。まもなく、聡はバイトを始めた。反対する親を説得して、一生懸命バイトをした。夏休みに日本に帰るためだ。勉強やクラブとの両立は大変だったが、苦にはならなかった。えりに会える。それだけで、すべての苦労が報われる。

二人は、毎週手紙を交換した。えりは、日本での生活に慣れるのに時間がかかったようだ。帰国子女ということで、いじめられたりしたらしい。でも聡のことを思えば、いじめに耐えられると書いてあった。その文章を見たとき、聡は、いますぐにでも日本に飛んでいってえりを抱きしめたかったが、夏休みまでの辛抱だと我慢した。

あと二週間で夏休みという時に、えりから思いがけない手紙が届いた。すでに、航空券の予約もとって、成田まで、えりが迎えに来てくれるという約束をしたばかりの時であった。それなのに、手紙には、もう聡と会うことはできないと書いてあった。さようならと震える字で書かれた言葉がむなしく見えた。聡には、何が起きたのか分からなかった。その後、えりに何通も手紙を書いたが、返事は来なかった。仕方がなく、日本に飛行機で向かった。少し期待したが、成田にえりの姿はなかった。えりから届いた手紙の住所を頼りに、えりのマンションに行ってみると、すでに一家は引越したあとだった。何か引越し先が分かるようなものがないか必死に探してみたが、結局、何も手がかりがみつからなかった。

今振り返ってみても、あの時、いったいえりの身に何が起こったのか分からない。ただ、しばらくしてから、自分はおそらくふられたのだろうと思うようになった。友達に聞いたら、新しいボーイフレンドができたんだろうと言われた。やはり手紙だけではだめなのだそうだ。すぐそばに頼もしい男性があらわれたら、女性はそちらに魅かれるという。えりも引越しを機会に聡との縁を切りたかったのだろう。

えりには、単なるボーイフレンドのひとりだったかもしれないが、聡にとって、えりはかけがえのない存在だった。そしてその後、聡は、この歳になるまで、女性とつきあったことがない。いい関係になりそうなガールフレンドが何人かいたが、そのたびにえりのことが頭に浮かんで、自分から身を引いてしまうのだ。

でも最近、えりのことがようやく忘れられそうになった。佐々木さんのおかげである。もし、「佐々木さんであれば」、そう思いを廻らしていると、横から板倉が声をかけてきた。

「佐々木はやめとけ」

なんで、このひとは自分の考えていることが分かったのだろうと聡は不思議に思った。

「どうしてですか」

「そのうち、事情が分かるようになる」

事情とはいったいなんだろうか。

「あと、長谷川ちゃんもだめだよ。彼女は俺がねらっている」

板倉は、大変優秀な研究者であることは認めるが、女性を見る目がないことだけは確かである。

「それにしても、そのえりちゃんに何が起こったのかしら。気になるわね。女の勘だけど、きっと、彼女も吉野先生のことを好きだったと思うわ」

「そんな気休めはよしてください。ようやく失恋の痛手から抜け出せそうなんですから」

「きっと、どうしようもない事情があったのよ」

「だったら、どうして連絡をくれないんですか。いくらでも連絡のとりようがあったはずです」

すると板倉が突然声を出した。

「おう、そういえば、長谷川ちゃんの名前も恵理だったな。面白い偶然だ。まさか、その子の苗字は長谷川じゃないだろうな」

「違いますよ。山下ですよ。それに、えりはひらがなのえりで漢字ではありません」

「何、山下だって！」

そう言うと、板倉は急に立ち上がった。

「聡、悪いけど、俺はこれで失礼する」

と言って席を立ってしまった。そして、

「ここは俺が払っておくから、ゆっくり飲んでいってくれ」

と言って帰ってしまった。

板倉はいったいどうしたんだろうか。えりに何か心当たりでもあるのだろうか。しかし、そんな偶然など考えられない。その夜は、酒の酔いがあったにもかかわらず、なかなか寝付けなかった。心の奥底に封印していたえりのことを思い出してしまったからに違いない。

10　校費流用事件

板倉のおかげで、聡の研究は順調に進みだした。ナノレベルで、原子配列を制御するのにも、板倉の統計的手法は有効である。聡の質問に板倉はたちどころに答を出した。聡も、優秀だなと思う研究者には、過去何度か出会ったが、板倉は群を抜いていた。

そんなある日、大学の事務局から、各教員に一通の文書が送られてきた。そこには、「大学教員の倫理と規定違反について」と題した一文が寄せられていた。

「この数年、大学教員による研究補助金不正利用の問題が大きくマスコミで取り上げられるようになり、社会問題となっています。このため、教員の自己に対する倫理規制が厳しく求められております。本学においても、東郷学長のもとに、教員倫理規定遵守に関してより一層の強化が図られてきましたが、最近、学内から、一部の教員が校費を不正に流用しているという苦情が寄せられました。もちろん、そのような事はないと信じておりますが、身の潔白を内外に示すためにも、校費使用状況に関して、全学的な調査を行うこととなりました。お忙しいとは存じますが、教員のみなさまの協力をお願いします」


板倉は、この文書をみて、白井たちの陰謀がはじまったと言う。

「聡、お前は大丈夫だろうな」

「ええ、校費といってもせいぜい百万円程度ですし、実験の消耗品しか買ってませんから、何も文句は言われないはずです」

「湯沸しポットなんか買ってないだろうな」

「ええ、もちろん」

と言ってから、赴任してすぐのことを思い出した。

そう言えば、生協にいったらレジ係から、ポットとコーヒーメーカーは校費で落とせますと言われた。その事を板倉に言うと
「危ないところだったな。もし、そうしていたら、今頃はクビだよ」

そう言えば、あの時も長谷川のおかげで、買わずにすんでいたんだ。

それから、しばらくして調査内容が発表された。

東郷学長は、残念ながら、一部の教員が校費を私物に使っていたと報告した。大学としては不問に付したいが、教員にきびしい倫理規制が求められている時期であり、泣いて馬謖を切る思いで、処分に踏み切ったという。

処分されたのは、公募で集まった任期付きの若手教員ばかりであった。教員たちは「生協で使ってよいと言われたから使っただけだ」と抗弁したが、許されなかった。任期を残してあえなく辞任を受け入れざるを得なかったのである。

聡は板倉に不満をぶつけた。

「今回の処分はひどすぎます。だって、去年までは、生協でコーヒーメーカーを校費で買えたらしいじゃないですか。だから、生協のひとも、ごく当たり前に奨めたんでしょう」

「それが、やつらの手なんだよ」

「でも、こんな汚い手で辞職に追いこんで彼らに何のメリットがあると言うんですか」

「聡もあまいな。権力掌握の一番の方法は人事を牛耳ることなんだ。いいかい、今回処分されたのは、みな公募で集まった若手教員だ」

「それがどうかしたんですか」

「やつらは、この公募というのが気に入らないんだ」

「公募が気に入らない？」

「そう。いいかい。昔は公募なんてなかった。人事は、すべてボスが決めていたんだよ。だから、論文が一報もなくても教授になれたし、どんなに優秀でもボス教授に睨まれたら一生助手のままというケースもあった。そして、業績のない奴を引き上げることこそ人事の醍醐味なんだ」

「どうしてですか。優秀なひとを引き上げなければ、大学のレベルは落ちてしまいますよ」

「あいつらには、大学のレベルなんか関係ないのさ。もともと自分たちのレベルが低いんだから。それよりも、自分たちがいかに権力を振るえるような体制にするかが大事なんだ。自分より優秀な人間を登用したら、自分の身があぶなくなってしまう。それに、ばかほど、教授にしてもらったら感謝する。自分が優秀だと思っているやつを教授にしても、本人は自分の実力だと思ってしまうだろう。白井のような奴が、種田のような腰巾着に業績のないお前を引き立ててやったのは俺だと恩を売るんだ。種田も自分には実力がないのが分かっているから、白井に絶対的な忠誠を誓うというわけだ」

しかし、今回の事件がどのように関わってくるのか聡には、まだ分からなかった。

「それが、どうして今回の事件と関係があるんですか」

「いいかい、公募になったら、そんな権力が振るえないだろう。あいつらの子飼いになるような連中には業績あるわけないんだから。公募したら、どうしても外から優秀な人材が入ってくる。聡のようにな。それが、あいつらには我慢ならないんだ。それで考えたのが、今回の事件さ。任期途中で止めさせてしまう。すると、緊急事態ということで、公募なしに自分の子分を無理やり入れることができる」

「そんなことができるんですか？」

「ああ、通常の人事案件であれば、時間をかけて公募の準備をしなければならないが、今回の場合は緊急事態だ。教員が辞めたからといって、講義や学生の世話をやめるわけにはいかない。そこで、公募もせずに後任を決めてしまうという寸法だ」

「あきれてしまいますね」

「あいつらの弟子には、職にあぶれた連中がやまのようにいるから、いくらポストがあっても足りないんだよ。ただし、無職の人間をそのまま採用したら苦情が出るかもしれない。そこで、やつらが使う手はこうだ。弟子で地方大学に押し込んだ連中をまず引き抜く。これなら文句は出ないし、一応実績もある。そのうえでルンペン連中を地方大学に送り込む」

「なかなか賢いやり方ですね」

「そして、そのうちに、公募そのものにもクレームをつけるんだろうな。つまり業績だけではひとは判断できない。その証拠に業績だけで採用した連中は不祥事を働いているとかなんとか理屈をこねてね」

「でも、そんなことになったら、日本は世界から笑われますよ。いまでは、世界中の大学は、どこでも公募が基本ですからね」

「また、甘いことを言ってるな。あいつらに世界なんて感覚はないんだよ。研究者としても先が見えている。あとは、日本で自分の権力をいかに広めるか。それだけが目的だ」

しかし、そのために、こんなばかげた罠をしかけるのだろうか。もし、そうだとしたら白井という人間は本当にくずだ。

しばらくして板倉がこんな噂を聞き込んできた。今回の件で、なぜ聡がつかまらなかったのかと白井がいきりまくっているというのだ。当然、聡が校費で日用品を買っているとばかり思っていたらしい。もしかして、聡に入れ知恵した裏切り者がいるのではないかと疑心暗鬼になっているという。というのも、白井の子分たちには、年度が始まる前に、校費で買ってはいけない品目を書いたメモを配っていて、このような調査があることをあらかじめ教えていたのだという。そのメモが聡の手に渡ったのではと疑っているようなのだ。

それから、しばらくして、聡の部屋に本部の備品調達課の調査が入った。国家予算で購入した備品の不正使用の疑いがあるという。課長の高橋は、中古品の電話とコンピュータをどのような経緯で、この部屋に持ってきたかをしつこく聞いた。

聡は、すなおに、新任で、右も左も分からず困っているときに、事務の方が親切に中古品を持ってきてくれたのだと説明した。迷惑がかかると思って佐々木さんの名前は伏せておいた。

「先生、実はこれら備品はすべて国庫予算で購入したものなんです。それを、まず認識していただかなければなりません。そして、備品には、償却期間というのがありまして、中古といえどもただというわけにはいかないんです。先生が使っているファックスつき電話とコンピュータは、昨年おやめになった先生が購入されたもので、買ってからまだ二年しか経っていません。ですから、償却が終わっていないのです。つまり、大事な国の財産ということになります。それを、勝手に持ち込まれたのでは、立派な犯罪になりますよ」

「私は、ただ好意でいただいたものと思っていました。その辺の事情は分からなかったのです」

と聡がこたえると

「最近、税金の使い方に対する国民の監視が非常に厳しい折でして、本学としても、襟を糾すという意味で、財産管理はしっかりしていこうという申し合わせが学長から出ています。それは、先生がこられた時にお渡しした資料の中にもちゃんと明記されているんですがね」

聡は、初日にもらった分厚い資料のことを思い出した。誰が、あんな厚い資料をすみからすみまで読んでいるものかと思ったが、建前では、確かに目を通しておかなければならない。困ったなと思っているところへ長谷川が現れた。

「高橋さん。吉野先生の件は、すべて手続きは済ましていますよ」

聡は、他のひとに自分のことを言う時には「先生」をつけるんだと気づいた。高橋は意外そうに

「長谷川さん、それはどういうことですか」

「吉野先生が新任で、困っておられるということで、本部の事務の方に便宜を図っていただいたんです。ただし、東郷学長の指導はよく存知あげていましたので、末永事務長が、必要な書類はすべて調えております。もし、お疑いでしたら、学科事務室まで来ていただければ、問題ないことがお分かりいただけるはずです」

長谷川は佐々木さんの名前を出すかと思ったが、そうではなかった。

長谷川の登場に、少し高橋は驚いたようだ。そして困惑ぎみに
「いえ、手続きさえしっかりしていただいているのならば、こちらとしてもとやかく言う問題ではありません。それでは、後ほど、書類のコピーをわたしまで届けていただけますか」

そういい残すと、そそくさと退散していった。

すると、入れ替わりに板倉が入ってきた。

「聡、長谷川ちゃんのおかげで助かったようだな。本部の高橋ってやつは、東郷と白井の腰巾着で、それで出世したようなもんなんだ。しかし、課長みずからお出ましとは恐れ入ったね。白井のやつ校費で聡をはめられなかったもんだから、別口を探していたんだろう」

「長谷川さん、どうもありがとう。校費にしても、中古品にしても、長谷川さんのおかげで助かったようなもんだ」

長谷川が、すこし微笑んだような気がした。なんだ、こんな顔ができるんじゃないかと聡は思った。

「いいえ、それが仕事ですから。吉野さん、今後も気をつけて下さいね」

とそっけない返答がかえってきた。聡は、またさんづけかと思ったが、前ほど不愉快には感じなかった。それよりも、何か懐かしいような思いにとらわれた。この感覚はなんだろう。少し不思議な気がする。ただし、すぐに思い出せなかった。

板倉は
「この中古品を聡に持ってきたのは佐々木さんだったな」

と聞いてきた。

「ええ、そうです」

と答えると、何か考え事をするように黙ってしまった。

長谷川は
「それでは、わたしは失礼します」

と言って、部屋を出ていった。

板倉の沈黙が気になったが、聡は何も言い出せなかった。

11　加治の論文

それから数日して、デイビッドから電子メールが届いた。加治は、このままアメリカに居られることになったので安心してほしいというメールだった。

デイビッドが動いて、大学全体として嘆願したらしい。アメリカは面白い国で、外国人であっても、アメリカの国益になると判断するとおおいに便宜を図ってくれる。デイビッドが学長に、いま加治を日本に返したら、大学の将来のためによくないと掛け合ったらしい。

板倉にこの件を話すと、すごく喜んでくれた。

「本当によかった。加治が日本にいったん帰ってくると、白井たちが何をするか分からないからな。アメリカにいる限りやつらも手を出せんだろう」

「しかし、こういう点、アメリカは面白いですよね。日本の外国省からのクレームでも頑として受け付けないんですから」

「それがアメリカのすごいところだ。しかし、今回の件はデイビッドがうまく動いてくれたことが大きいな」

加治からもお礼の電子メールが届いていた。聡は、彼が取り組んでいる結晶づくりに関しても、適宜アドバイスを送っていたが、毎回届くデータからみると、かなり研究は進んでいるようであった。研究所のチームが解析したところによると、白井にだましとられた結晶よりもはるかに良質のものができている。いよいよ評価チームが、物性測定を開始するとのことだった。

それからほどなくして、加治から論文の草稿が送られてきた。それは、結晶づくりに関するものであった。そこには、白井たちの論文になかった、どのようにすれば良質の結晶ができるかということがつぶさに書かれていた。そして決定的であったのは、白井たちの結晶をエックス線で分析した時にあったなぞのピークが、今度の結晶では完全に消えていた点だ。つまり、そのピークは不純物によることがはっきりしたのだ。

聡は、久しぶりに興奮して論文を読んだ。英文にたどたどしさがあり、文法の間違いもあったが、間違いなく血の通った論文であった。聡は、分かりにくい表現も含めて、文章を添削して送り返した。その後、聡が修正した論文を読んだデイビッドから興奮したメールが届いた。これは、研究所が発表した論文の中でも最高傑作のひとつになると書いてきた。

デイビッドの手が入って完成した論文のコピーがほどなくして届いた。もちろん、著者の筆頭は加治であるが、驚いたことに、聡が共著者として載っている。自分は、相談に載っただけで、謝辞に名前を載せてくれるだけで十分だと返事を出したが、デイビッドも加治も、聡の貢献が大きい研究だということで、どうしても共著者に入ってほしいと懇願された。

論文の草稿を持って板倉のもとを訪れると、それを一読した板倉は、感動した面持ちで

「やはり、俺の目は節穴ではなかった。加治は本当に優秀な研究者だ」

と賛辞を送ってくれた。

聡は、共著者になってくれと言われて困っていると板倉に相談した。すると

「何を言っている。こんな立派な論文の共著者になれるのは幸せなことだ」

と、板倉は言った。

「ろくな貢献もしないくせに、名前を載せろと脅かしてくるやつが日本にはごまんと居る。その点、聡は純粋すぎる」

板倉の意見にしたがって、聡は共著者になることを承諾した。

デイビッドは、この論文は「ワールドサイエンス」に投稿すると知らせてきた。「ワールドサイエンス」は、あらゆる科学分野の論文を掲載する科学ジャーナルで、この雑誌に論文を掲載されることは最高の栄誉とされている。それだけに競争も激しいのだ。

ほどなく編集者から

「この結晶を世界ではじめて合成したのは、日本の東都大学の白井グループで、この論文は、その研究の二番煎じであるから、掲載はできない」

というコメントが寄せられたという。これに対しデイビッドは、白井の論文には、結晶づくりに関する記載はいっさいなく、結晶を評価した研究者からも不満の声が寄せられているという反論を送った。その後、何度かやりとりがあったようだが、最終的に「ワールドサイエンス」への掲載が決まった。どうやら、編集者も裏事情を察したらしい。そして、加治こそが真の結晶づくりの担い手だということを認めたのである。

板倉に報告すると

「すごいじゃないか。最初の論文が「ワールドサイエンス」なんて、加治もすごいことをやってのけたな」

と喜んだ。

「わたしも、その共著者のひとりになれたのですから、大感激です。板倉先生ありがとうございます」

と素直に感謝した。

「俺が言ったとおり、加治の復讐劇がはじまるぞ。これからが、大いに見ものだな」

とつぶやいた。

「そうだ、聡、前祝に「福や」に繰り出そう」

「大賛成です」

その晩の板倉は上機嫌で、加治万歳、聡万歳、を何度も繰り返していた。

論文が掲載された「ワールドサイエンス」誌が送られてきた時、聡は本当に感激した。この名誉ある論文に、自分も名を連ねることができたのだ。掲載された次の日に、ある新聞社から取材したいという連絡が来た。「ワールドサイエンス」誌は、科学ジャーナルと言っても、商業誌である。研究が掲載されるまでは、完全な秘密主義となるが、掲載後はその内容をマスコミに宣伝する。加治の論文は、この号のトピックスとして取り上げられていたのである。その内容はこうだ。

「かつて、日本の研究者によってつくられたまぼろしの結晶が、ようやく、そのベールを脱いだ。どのようにすれば、良質な結晶をつくれるかが、この論文にはすべて書かれている」

英語の読めない白井は、この事件については、まったく知らなかったようだが、聡を取材した日本人記者が、大きな記事を書いたために、ようやく加治の論文の存在に気づいた。

その記事は、「まぼろしの結晶のベールをはぐ」というリード見出しのもと、つぎのような記事となっていた。

米国オーランド大学加治健一郎研究員、デイビッド・コーンウェル教授、東都大学の吉野聡助教授の研究グループは、これまでまぼろしの結晶と呼ばれていたあるセラミックスの製造方法を世界的に有名な科学雑誌の「ワールドサイエンス」に報告した。加治研究員らは、結晶合成する際に入る不純物を調べていたところ、偶然、この不純物が安定な化合物を形成することを発見し、この化合物を融液の中に入れて結晶成長させたところ、不純物のない良質の結晶の合成に成功した。……なお、このまぼろしの結晶は、東都大学のある研究グループが合成して、米国の研究機関が評価したことで世界的な成果と評判となったが、その後、研究グループは結晶の合成は難しいとして、二度と結晶が合成されることはなかった。このため、多くの研究者から不満の声が寄せられていた。実は、加治研究員は、当時、東都大学に在籍しており、もしかしたら、最初の結晶も加治研究員の作ではなかったのかという疑問の声も上がっている。

この記事を読んだ板倉は愉快そうに
「あのデブガエル相当にあわてているだろう」

と聡に言った。

つぎの日、東都大学の白井教授のコメントが同紙に寄せられた。

「かつて、東都大学の博士課程に在籍していた加治君が、世界的に評価される研究成果を出されたことに対しては、かつての指導者のひとりとして大いなる賛辞を送りたい。ただし、新聞記事にあるような、前の結晶も加治君がつくったのではないかという憶測は事実無根であり、場合によっては、名誉毀損にあたる。おそらく、私の教え子が結晶づくりをしていたのを横で見ていて、それをまねしたのであろう。この点に関しては、研究者としてのモラルという面から問題がないとは言えないが、今回は不問に付したい」

聡は、このコメントを読んであきれかえった。しかし、知らないひとが読んだら、加治が白井のまねをしたと思い込んでしまうだろう。なにしろ、白井が大教授で、加治は一介の学生に過ぎない。

板倉も白井のコメントを読んだらしく

「白井は、うまくごまかしたつもりだろうが、素人はだませても、玄人は黙っていない。それに、これは国際問題だ。そんなに簡単にはごまかせないよ」

と言った。

それから、しばらくして、聡のもとに「科学日本」という雑誌の記者から取材の申し込みがあった。板倉の紹介だという。この科学雑誌は、日本では硬派の科学ジャーナルとして知られている。素人向けに、分かりやすいが不正確という科学雑誌が多い中で、掘り下げた科学記事をいくつも載せていた。この記者は、アメリカまで取材に行くとはりきっていた。

そして、それから一月ほどして、この雑誌に衝撃的な記事が載せられた。それは、「まぼろしの結晶はぬすまれていた」というタイトルで書かれた一〇ページにもわたる特集であった。この事件の全貌をほぼ正確に伝えていた。そこでは、聡のコメントの他、デイビッド・コーンウェル教授と加治への取材、そして、かつて白井に結晶をだましとられた教授のコメントが載っており、記事では、あのまぼろしの結晶は、加治と教授が合成したもので、白井たちによって盗まれたものだと書かれていた。

白井の反論も載せられていたが、その根拠は薄いものであった。記者の、それでは、なぜ正確な作製方法が論文には書かれていなかったのかという質問に対し、白井は、

「この技術は世界的にも重要なものであり、日本の財産であると思った。作製方法をすべて明らかにしてしまうと海外の研究機関にまねをされ、日本のオリジナリティが失われると危惧した」

と答えている。

しかし、記者は、さらに

「それならば、なぜ、あの結晶は、最初の一個だけで終わってしまったのか。つくり方が分かっているのであれば、いくらでもつくれたろう」

と聞いている。白井は

「実は、結晶をたくさんつくっていたのだが、海外の研究機関に渡すのが惜しくなったので、手元に隠しておいた」

と弁解にもならないようなコメントに終始している。そして、記事では、白井らを糾弾しようとし

た教授に、補助金不正使用疑惑という罠がかけられたことも書かれている。

記事を読み終って板倉は、「さすがに出口だ」と評した。実は、出口記者は板倉の大学時代の同級生で、理系の大学を出ながらジャーナリストをめざした異色のひとらしい。昔から洞察力がするどく、科学記事でも本質にせまるものが多いと評判がたっていた。

「これで白井も終わりだな。いままでみたいに、でかい顔はしにくいだろう」

板倉は、こう言ったが、聡は、本当にこのままで終わるのだろうかと少し不安になった。

事務長の末永さんの話によると、最近の白井はものすごく不機嫌で、いろいろなところに電話をかけまくっているらしい。日本学会賞への影響を心配しているというのだ。

やはり事件は、これだけで終わらなかった。それから、しばらくして読切新聞につぎのような記事が載った。

「東都大学、「科学日本」を提訴　東都大学は、「科学日本」の事実無根の記事によって大学の名誉を大きく傷つけられたとして、記事の取り下げと一千万円の損害賠償を求めて「科学日本」を発行している科学日本振興社と記事を執筆した出口清記者を提訴した」

聡は、この記事を見て驚いた。まさか、大学が白井のことをかばうとは予想していなかったのだ。

そして、東郷学長のコメントも書かれていた。

「白井教授は、東都大学の宝であり、今年度の日本学会賞の受賞もすでに決まっている。その受賞理由をみれば、白井教授の業績がいかに素晴らしいかが分かるであろう。今回の成果は、そのひとつに過ぎず、この研究だけに彼が情熱を注いできたわけではない」

としている。また、記事には
「このとんでもない特集を書いた出口記者は、白井教授に私恨をいだくI助教授の大学の同級生であり、その私恨をはらすために仕組まれた罠の可能性も大きい」

と書かれていた。もちろん、I助教授とは板倉のことである。白井たちを少しなめすぎていたようだ。出口が板倉の同級生であることをつかんで、それを逆手に取ってきたのだ。

さらに、驚いたのは、文化省の対応であった。

文化省のコメントは
「社会的地位のある優秀な大学教授を貶める記事を掲載した「科学日本」に対して遺憾の意を表する」

とある。どこまでも腐った組織だ。

板倉は、負け犬の遠吠えにまともにつきあえないと無視する構えだが、文化省までが乗り出してきたとすると、いくら正論をとなえても、世間は白井に味方する可能性が高い。

科学日本振興社は
「訴状のくわしい内容は見ていないので、コメントできないが、出口は優秀な記者であり、その記事内容は正確と信じている」

と答えている。板倉も裁判になったら、こっちに勝ち目はあると言っているが、どうだろうか。

しかし、それからまもなく、驚く事態が起こった。東都大学が訴えを取り下げたのだ。これを聞いて、聡は、一本とられたと思った。裁判になれば、いろいろと騒がれる。白井たちに不利な状況証拠がそろっている中で、裁判沙汰になるのは問題が多かろう。それでも、あえて提訴した。すると、新聞は大きく取り上げてくれる。そして、ここがうまいところなのだが、何も分からない世間の多くのひとは、提訴された方が悪いと思ってしまう。つまり、「科学日本」が捏造記事を書いて、東都大学の名誉を傷つけたと思ってしまう。文化省も味方につけたのであるから、お上に弱い庶民は、ますますそういう印象を持つだろう。そして、そういう印象を与えたところで、さっさと提訴を取り下げてしまう。黙っていれば新聞にも書かれないし、裁判も行われない。自分たちの方が正しいという印象だけを残して撤退してしまう。うまいやり方である。聡は、白井たちをあなどってはいけないと気をひきしめた。

出口と板倉は、この提訴を取り下げたことをもって、東都大学や文化省を攻撃すべきと主張したが、科学日本振興社は、これ以上さわぎを大きくしたくないという理由で静観することに決めたらしい。役所の機嫌を損ねたら、それこそ、どんな無理難題を押し付けてくるか分からないからだ。

12　受賞式

白井の日本学会賞受賞のお祝いの式典は、大学主導のもとに行われた。この受賞は、新聞でも快挙と大きく取り上げられたため、日本中の大学から東郷や白井の弟子たちや、追従者がかけつけた。文化省や経済省からも重鎮が訪れ、会場は、白井たちの権力をこれでもかと内外に印象づける会となった。

板倉と聡は、白井の受賞に関しては、金で買ったものをよく披露するよという感慨しかなかったが、敵前視察という意味もあって、会にもぐりこんだ。東郷学長をはじめとして歯の浮くような祝いのあいさつがこれでもか、これでもかと続いた。出席者のほとんどが、この賞が金で買われたうえ、受賞の対象がすべて他人からだましとったものであることは知っているはずなのに、それを韜晦するように、みな笑顔で白井に賛辞を送っている。

祝辞が終わったあとで、いよいよ真打登場となった。受賞者の白井の記念講演が行われるのである。板倉から、下手な漫談より、よほど笑えると言われていた。白井の講演は、いままで聴いたことがなかったので、聡も、ある意味では期待していた。

会場の外には大きな立て看板が置かれている。

そこには

「日本学会賞受賞記念講演会　東都大学工学部長　白井大介先生　研究にささげた我が半生」

となっている。この講演タイトルを見たときに、誰もが白井の鉄面皮ぶりに驚いたはずである。本来は「権力闘争にあけくれた我が人生」という方がふさわしい。いよいよ講演が始まろうとするとき、外で騒ぎが起こった。

板倉は、聡を誘うように会場の外に出た。すると、たて看板が赤いペンキで汚れているではないか。見ると、ペンキの容器を抱えた男が、騒いでいる。

「みなさん聞いてください。白井は日本学会賞などを受賞するに値する人間ではありません。あいつに研究成果を盗まれて泣いている研究者は、たくさんいます。今回の受賞対象の研究成果のひとつもわたしのもので、だまし盗られたものです」

板倉は、あれが、かつて助教授だったころに白井にだまされて研究成果を横取りされた例の塾の講師だと、そっとつぶやいた。みると、顔は不精ひげで覆われ、かなりやつれている。塾の講師は、しばらくわめいていたが、大学の警備員に両腕を抱えられて、連行されていった。聡は、板倉に彼は大丈夫ですかと聞いたが、板倉は、心配する必要はないと答えた。

「大学が下手に大ごとにしたら、白井の悪事が表ざたになるおそれがある。警察には引き渡さずに、厳重注意だけで終わるだろう」

と答えた。

会場では、何事もなかったように白井の講演が始まっていた。白井は、今回の受賞は、自分ひとりのものではなく、いままで支えてくれた先輩や同僚、そして後輩、すべてのひとに対して与えられたものだとまず断った。聡は、その中のひとりには、あの塾の講師も含まれているのであろうかと思った。白井の講演は、科学講演というよりは、選挙演説に近かった。研究内容にいたっては、同じ研究者として、聞くに耐えないものであった。本当にオリジナリティの高い研究を行ったひとには、必ず感激的な事象がともなう。つまり、ブレイクスルーにいたる秘話が存在するものである。人は、それに触れて感動するのであるが、なにしろ白井の場合は、すべて他人の研究成果を盗んだものである。もとより、そんな感動話などできないのだ。また、白井は、本来ならば、受賞のもっとも大きなウェイトを占めているはずの加治の結晶については、ひとことも話さなかった。

講演後、板倉から感想を求められた聡はこう言った。

「日本人として、このような低レベルの人間に賞を送るこの国の体制がつくづくいやになりました」

板倉は

「まともな人間ならそう思うだろう。ところが、ここに来ている東都大学の人間や、経済省、文化省の役人はそう思っていない。賞を金で買えること自体が、力のある証拠と評価している。日本はいびつな国になってしまった。つくづくそう思うよ」
それから、聡と板倉は、白井の受賞を祝う懇親会場へと向かった。もちろん、祝う気などないが、白井一派を見ておくのも一興だと思ったのだ。
板倉は
「聡を攻撃しているやつらが、どんなレベルかを見るいいチャンスだ」
と言っている。会場は、謹上会館であった。すべての壁をとりはらい、会館全体が懇親会場となっている。
驚いたことに、懇親会場の受付に十名ほどの人間がいたが、その中には佐々木さんが座っている。
聡は
「佐々木さん、ご苦労様です」
というと、佐々木さんはちょっと驚いたような顔をしていたが
「ありがとうございます」
と頭を下げ
「板倉先生も出席いただけるのですか」

と板倉に声をかけた。

「もちろんです。大学にとって名誉なことですから、ぜひお祝いしたいと思っております」

と心にもないことを言っている。

しかし、佐々木さんが受付にいるとは驚きだった。

会場では、すでに乾杯が終わり、ワイン片手にあちこちで歓談が始まっていた。白井は、会場の中央に据えられたテーブル席に座っていて、その横には、白井とは対照的にがりがりに痩せた女性が座っていた。

板倉は
「あれが白井の奥さん、東郷の親族だ」

と教えてくれた。

出席者は、列をつくって白井のもとに挨拶に行っている。浅井と松山が、何人かを引き連れている。

板倉は
「ふたりの天下りが連れているのは、それぞれ経済省と文化省の天下り予備軍さ。新聞に白井を擁護するコメントを出したのが、あの赤いネクタイのデブで、文化省の大学課長。東都大学の事務局長の座を狙っているらしい」

聡は、板倉の収集能力に舌を巻いていた。会場に来ている多くの出席者が何者で、どのような利権でつながっているかをいちいち説明してくれたからだ。それにしても、懇親会場にいる人間はほとんどがタバコを吸っていた。会場は、煙が充満していて、聡は
「これじゃダイオキシンだらけだな」

と思って気分が悪くなった。板倉は、聡を誘うと、堂々と白井のもとに挨拶に行った。白井はふたりを見てぎょっとしたが、鷹揚に
「わざわざ来ていただいてありがとう」

と挨拶した。

そして、奥さんに紹介してくれた。

「主人がいつもお世話になっております。今後もよろしくお願いします」

とていねいに頭を下げてくれた。

すると、板倉はしれっとした顔で
「いや、白井先生のご講演には感激いたしました。さすが、日本学会賞に値する名講演でした」

と白井を持ち上げた。

「それから、先ほど、先生に研究成果を横取りされたと会場に怒鳴り込んできた不届きものがいます。同じようなことを訴えるやからが増えていますので、どうか身辺にはお気をつけ下さい」

と結んだ。白井は、お祝いの席で何を言うのかと、むっとした表情だったが、板倉はそれには構わず、

聡を連れて会場を後にした。

「聡、ちょっと耳に入れておきたいことがある。「福や」までつきあってくれないか」

と声をかけてきた。板倉の話とは何だろうと思って後についていった。「福や」は、いつものように、客は聡と板倉のふたりだけであった。

「板倉先生、話とは何ですか」

「聡は、白井一派にとっては脅威になってしまった。つまり、どんな些細なことでも利用して排除しようとしてくる」

「それは、覚悟しています」

「さらに言えば、俺よりも脅威に感じているはずだ」

「板倉先生よりも脅威とは思えませんが」

「いや、そのはずだ。俺は騒ぎ立てても、所詮は力のない助教授だ。これから、教授に昇進する目はない。だけど、聡にはオーランド大学という切り札がある。今回の加治の件だって、聡がいたからこそ、加治は白井たちの魔の手から逃れることができた。俺を排除しても意味がないが、聡はまさに獅子身中の虫というわけさ」

「なるほど、アメリカの大学までは手が出せませんからね」

「そこで、今日の話になる。聡にはすこしショックかもしれないが冷静に聞いてほしい」

「何でしょうか」

「実は、噂でしかないんで、俺も確証を得ているわけではない。だから、いままでは黙っていた。しかし、これだけ状況が切迫してくると、聡にも知っておいてもらった方がよいと判断した」

「何かおおげさですね」

「お前のお気に入りの佐々木さん。実は、白井の隠し子という噂がある」

聡は、一瞬、板倉が何を言っているのか理解できなかった。

「板倉先生、それは悪い冗談でしょう」

「残念ながら、冗談ではない」

「でも、そんなばかな」

聡は、自分の立っている土台がくずれるような気がした。

「実は、俺も最初は信じられなかった。しかし、あるところから、佐々木さんの養育費を白井が払っていたということが分かった」

「養育費ですか」

「あまり、他人の過去を詮索したくはなかったが、ある事情でいたし方なかった。その中で、佐々木さんが片親しかいないのに、かなり不自由なく育ったことを知った。そして、結構な額の金が白井から払われていることが分かったのさ」

「それでは、なぜ白井ではなく、佐々木という苗字なのですか」

「それは俺にも分からない。そして、もっと衝撃がある」

「それは何ですか」

「佐々木さんは、白井と柳井さんとの間に生まれた子だという噂だ」

「なんですって」

聡は、あの柳井さんの上品な顔立ちを思い浮かべた。とてもデブガエルの白井とつりあいがとれるとは思えない。

「柳井さんは、白井に忠誠をつくして、いままで独身を通してきたという噂だ。そして白井の有能な秘書として、現在でもつかえている」

聡には、とても信じられない話である。しかし、学科の懇親会のことを思いだした。タバコを吸うとわめきたてていた白井が、柳井さんの一言で、何もいわずに矛を収めた。柳井さんには頭が上がらないということなのだろうか。

「実は、佐々木さんの育ての親は柳井さんなんだ。それも確認ずみだ。いまでもふたりは同じマンションに住んでいる」

「それでも苗字が違うじゃないですか」

「俺も、そのあたりの事情までは聞かされていない。ただし、柳井さんと違う名前になったのは、佐々木さんが柳井さんの子供ということを隠すためという噂がある。いずれにしろ、白井が柳井さんに毎月二十万円以上の金を払っていたことは確かなんだ」

そういえば、板倉と一緒に白井教授室を訪れた時に、佐々木さんは柳井さんと一緒にいた。同じ職場の同僚というよりは、はるかに親密に見えた。親子ならば当たり前のことだ。

「俺が気になっているのは、そのことだけじゃない」

と板倉は切り出した。

「聡が、赴任してまもなく、中古品の電話とコンピュータを手配してくれたのは佐々木さんだったよな」

「ええ、そうですが」

「そして、それを理由に聡ははめられそうになった」

「ちょっと待ってください。佐々木さんが白井の意をうけて、私をだまそうとしたと板倉先生は考えているんですか」

「用心するに越したことはないという忠告さ」

聡は、佐々木さんのあのやさしそうなまなざしを思い起こした。

「そんなことは決してありません」

「聡、おまえの気持ちも分からなくはないが、ここは冷静に聞いてくれないか」

板倉はこう続けた。

「聡は、昔のえりちゃんの件で、女性に対してすっかり臆病になっていた。女性に対する不信感もあったろう。だから、いままで、女性とつきあわずにここまで来てしまった」

えりの件をひきあいに出されて、聡はすこし不愉快になったが、そのまま板倉の話を聞いた。

「だからと言って、女性完全拒否ではないだろう。深層心理では、自分を裏切らない女性に対する思いも強まっていたはずだ。自分に対してひどい仕打ちをした女性の反動で、やさしそうな女性に惹かれてしまう。そして、佐々木さんというやさしい女性に出会った。日本に来て、まだ慣れない中で、やさしくされて舞い上がってしまった。そんなところだろう。すると、彼女をどうしても美化しすぎてしまう。そして、何も見えなくなってしまう」

確かに、佐々木さんのやさしさにふれて、えりのトラウマから逃れられるかもしれないと思ったのは確かだった。

「それでも、佐々木さんが白井のスパイとは思えません」

「俺だって、そうでないと願っている。ただし、いまの状況では、何事にも慎重にならなければいけないんだ」

聡は、頭の中で板倉の助言が大事だとは思っていたが、いっぽうで、それを受け入れることを拒否していた。

重苦しい沈黙が流れている時に、新たな来客があった。「福や」にしては珍しいと思っていると、入ってきたのは、長谷川とくだんの塾講師ではないか。聡は、驚いた。

「板倉先生、やはりここでしたか。長井さんです。ご存知ですよね」

「いや、これはどういう風の吹きまわしだい。長谷川さんは長井さんを知っているの」

「ええ、直接の面識はないですが、白井のわなにはめられた気の毒な方とは知っていました」

聡は驚いた。長谷川が白井のことを呼び捨てにしている。板倉は聞いた。

「それが、どうしてふたりそろって、ここにくることになったんだい」

「実は、私が本部棟にいたら、長井さんが警備員に連れて来られたんです。最初は、誰か分からなかったんですが、警備員とのやりとりを聞いているうちに、もしかしたら長井さんではないかと思ったんです。白井のたて看板に赤いペンキを投げつけたと聞いて長井さんということを確信しました」

聡は、どうして、長谷川が長井を知っているのだろうと不思議に思った。

「警察を呼ぶのかと思って心配していたのですが、東郷の指示で、どうやら長井さんは放免されたようです。でも様子が変だったので、少し見守っていたんです」

板倉が
「自殺でもしそうな気がしたんだな」

と無遠慮なことを言っている。

「ええ、そんな感じさえしました。そこで、思い切って私から長井さんに声をかけてみたんです。最初は、不審そうにしていましたが、わたしの話を聞いて納得したようです。それで、いろいろお話を伺うことができたんです」

「長井さん、奥さんに逃げられたんだろう」

長井は驚いたように板倉を見た。

「板倉先生は、どうしてそのことをご存知なんですか」

「白井が、長井さんの塾をつぶそうと画策していると聞いたんで、少し心配して、知り合いに頼んで様子を聞いてみていたんだ」

長井はこう切り出した。

「私は、塾の講師で満足していたんです。もちろん大学や研究に未練がなかったわけではありません。でも、白井ににらまれたら復帰は無理です。それに、生徒も私になついてくれたうえ、いい塾だという評判がたって、結構繁盛していたんです。私は、一生を塾の講師で過ごすつもりでいました」

「そこに現れたのが、白井の刺客というわけだ」

「ええ、彼らは、塾に通っている生徒の親たちに私の悪口を吹き込んだんです。生徒がどんどんやめていくので、おかしいなとは思っていたのですが、最初はまったく気づきませんでした。ところが、ある時、大学の友人から、白井の子飼いが私は人格破綻者だと、生徒たちの親御さんにいいふらしていると聞いて驚いたんです。その時には、もう手遅れでした。塾というのは、一種の客商売です。一度変な噂が流れたら、無理してまで自分の子供を通わせる親はいません。あっというまに塾はつぶれてしまいました」

「本当にひどいことをするな」

「聞くところによると、白井が日本学会賞を受賞するにあたって、わたしが邪魔をするんじゃないかと邪推したようです。結構、わたしの塾は評判になっていましたから、心配したんでしょう」

「子供たちに良からぬことを吹きこむとでも思ったのかな」

「女房も最初は、はげましてくれていましたが、収入がなくなるとどうしようもありません。わたしは、なれない土木作業員をやってがんばっていましたが、生活が苦しく、ついに女房は子供を連れて実家に帰ってしまいました。彼女の実家は、田舎では名家です。両親は、娘が将来教授夫人になると喜んでいたようですが、それがだめになってがっかりしていたようです。それで、前から実家に戻るようにせまっていたのです。女房も、苦しい生活に耐えられなくなったのでしょう」

聡は、やつれた長井の様子をみて、いたたまれなくなった。優秀な研究者が、権力におぼれたばかのために、その日暮らしを強いられ、家族までが離散してしまう。

「私は白井のおかげですべてを失いました。何も悪いことをしていないのに」

そういうと長井は嗚咽をもらした。

「今日が白井の受賞記念のパーティだと気づいたら、思わず列車に乗っていました。あとは、どうなってもいいと思い、ペンキを買ってきて、たて看板にぶっかけたのです。警察に連れて行かれてもいいと思っていました」

「ひどい話だ」

長谷川は、こう切り出した。

「長井さんには、人生をあきらめるのは早いといいました。きっと、あなたの味方になってくれるふたりがいるはずだからと、ここにお連れしたのです」

聡はあれっと思った。味方になるふたりのひとりは自分ということなのだろうか。

板倉は

「それだけ期待しているなら応えるしかないな。聡、また、同じ手は使えないか」

「同じ手とはどういうことですか」

「加治と同じ手だよ。長井さんをオーランド大学に送ることはできないかな」

長谷川も応援した。

「私も同じことを考えていました。吉野さんの力添えで、長井さんを助けることはできませんか」

聡は、返答に窮した。加治の場合と違って、長井は、もう結構な歳である。大学に依頼するにしても、本人の業績が問題になる。簡単に請合えることではない。聡はこう答えた
「分かりました。この場で約束することはできませんが、何とか努力をしてみます」

長井は、思わぬ展開に、驚いた様子で、われわれの会話を聞いていた。そして、聡に向かって
「吉野先生、よろしくお願いします。私は、一度死んだ人間です。それでも、少しでも希望があるのならば、それにすがってみたいんです」

「分かりました。それでは、長井さんの業績や、主要論文のコピーがあったら、私まで送っていただけませんか。私の教授に聞いてみます」

長井は、先ほどまでの死んだような顔から、いまは、わずかに見え出した希望に向かって歩き出そうという顔に変わっていた。

「よし、それじゃ、長井先生の前途に道が拓けることを祈ってみんなで乾杯しよう」

聡は、佐々木さんのことが気になっていたが、長井の登場で、それどころではなくなった。

「福や」のおかみがとっておきの吟醸酒があると言って、奥から七福神の五合壜を持って現れた。

長谷川と飲むのははじめてだったが、いやな気はしなかった。長井にとっては、地獄で出会った天使のようなものであろう。

13　長井の就職

つぎの日、聡が大学にいくと、事務室には佐々木さんだけが居た。昨日の板倉の話を聞いて、少し複雑な思いがあったが、佐々木さんは、いつものように、やさしい笑顔で
「おはようございます」

と声をかけてくれた。

「佐々木さんのお父さんは白井先生ですか」

そう聞けたら、どんなに楽だろう。のどまででかかったその質問をこらえて、

「おはようございます。きのうはご苦労さまでした」

とあいさつした。

自分の部屋に行くと、聡は、さっそくデイビッドに電子メールを打った。長井の事情を説明するとともに、オーランド大学で就職口はないかどうかをたずねるためだ。加治の最初の論文以降、オー

ランド大学では、その結晶の評価を順調に続けていた。すでに論文の数は五報を越えている。世界的にも、結晶の作製者は加治であることが認められるようになっている。そして、白井の研究者としてのモラルの欠如に対する非難の声も上がりつつあった。白井は英語情報にはうといので、気づいていないであろうが、研究者のウェブサイトでは、かなり話題になっている。

デイビッドから返信が来たのはつぎの日であった。ちょうど、大学でポスドクを募集しているということであった。ただし、長井は前職が助教授であったから、このポストで満足できるかどうかを気にしているようだ。しかし、今の長井の置かれた状況を考えればわらにもすがる思いであろう。とにかく、その案内を送ってほしいと依頼した。

その日の午後に、長井から業績リストと論文のコピーが届いた。そのリストをみて驚いた。実は、地方大学では、なかなか論文を書くことが難しいのである。予算的にも恵まれないし、共同研究も中央に比べると不利になる。よって、海外の論文に投稿する機会も少ない。しかし、長井は、いずれも聡がよく知っている有名な科学ジャーナルに多くの論文を発表していた。さっそく海外便で資料をデイビッドに送った。大学の事務を通さずに、自分で郵便局まででかけて、自腹を切った。

板倉にも、長井の業績リストを見せた。

板倉は

「長井の業績がすごいということは、ある程度知っていたが、ここまでとは思わなかった。これならば、有名大学の教授になっても遜色のない業績だね。まあ、有名大学の教授は、業績がないのが当たり前だが。ただし、ポスドクのポジションというのは少しかわいそうな気がするな。まあ、今までがひどすぎたから、彼にとっては、それでもありがたいかもしれないが」

それから一週間ほどして、デイビッドから電子メールが届いた。同僚に長井のことを知っている教授がいて、高く評価しているということだった。現時点では、ポスドクのポストしか空いていないが、すぐに助教授のポストが得られるのではないかと書いている。

長井に電話で、ポスドクの話を伝えると、とにかく研究ができるなら、どんなポストでも良いと言ってきた。なんと、奥さんとお子さんが戻ってきたそうだ。アメリカ行きの話をしたら、奥さんのご両親も支援してくれるという。いまは、夫婦でバイトをしながら、がんばっているという。とりあえずは、単身赴任になるだろうが、落ち着いたら家族をアメリカに呼び寄せたいとも言っている。

それから、まもなく長井はアメリカに旅立った。空港には、聡の他、板倉と長谷川も見送りに行った。空港には、長井の家族も見送りに来ていた。見ると、奥さんはかなり若く、まだ三十前に見えた。相当の苦労をしただろうに、そんな様子は微塵も見られなかった。奥さんは、われわれ三人に命の恩人とばかりに、何度も何度も頭を下げていた。

思えば、この短い間に、加治と長井のふたりをアメリカに送り込んだ。いずれも、白井の被害者である。しかし、日本の大学には白井のような権力者がやまのようにいる。加治と長井のように、そのいじめにあい、不遇をかこっている研究者も、無数に居るであろう。それを思うと、聡はさびしくなった。板倉は
「聡のおかげで、ふたりの研究者が救われた。たったふたりという見方もあるが、ふたりも助かったという見方もできる。いっきに変えることはできないかもしれないが、この変化はきっと明日につながる。もっと明るい顔をしろよ」

と慰めてくれた。

「俺一人では何もできなかった。聡のおかげだよ」

長谷川は終始、寡黙であった。ただ一言、聡に向かって
「吉野さん、本当にありがとうございます」

といってくれた。

それから、まもなく長井から電子メールが入った。研究環境に恵まれ、非常に充実した毎日を過ごしているということであった。加治とも出会い、さっそく、いろいろな話をしたらしい。ふたりとも、聡と板倉に非常に感謝しているということだった。命の恩人とも言われた。

デイビッドはメールで、長井は非常に優秀な研究者と書いてきた。独学で英語を勉強していたらしく、日本人としてはかなり英語に堪能なので驚いていると書いている。また、長井と同じ研究分

野の教授がいて、長井を高く評価しているとのことだった。長井が助教授になる日も近いかもしれない。聡は、ぜひそうなってほしいと思った。
それから、まもなく事件が起きた。聡が朝起きてくると、母親の紀子が
「さっきから、朝のニュースであなたの大学の名前が出てるけど、どうしたのかしら。破廉恥とかなんとか言ってるわよ」
いったいなんだろうとテレビをつけてみると「東都大学助教授痴漢行為で逮捕」という見出しが出ている。女性のアナウンサーが
「昨晩、根津五丁目の路上で、東都大学助教授Ｉ（四七歳）が女性にわいせつな行為に及ぼうとしたところ、近くを警邏していた警察官に見つかり、その場で現行犯逮捕されました。Ｉは泥酔状態で、逮捕しようとした警察官に抵抗したもようですが、すぐに取り押さえられ、警察に連行されました。なお、本人は犯行を全面的に否定している模様であります」
聡は、あわてて板倉の携帯に電話をかけてみたが、「現在、電源を切られているか、電波の届かないところにあります」というメッセージが現れた。助教授のＩとは板倉のことに違いない。いったい、何があったのだろうか。聡は、朝食もそこそこに大学に出かけた。驚いたことに、大学の正門には、多くのマスコミがつめかけていた。聡も、つかまりそうになったが、それを振り切って学科の事務室まで急ぎ足で向かった。事務室には、ほとんどの事務員が集まって電話の応対に追われ

ている。聡は、長谷川のところに行って

「いったい、どういうことになっているんですか」

と訊ねた。

「私たちも、状況が分からないので、困っているんですが、板倉先生が何らかのトラブルに巻き込まれたのは確かなようです」

すると、末永事務長が電話で応対する声が聞こえてきた。

「板倉先生に限って、そのようなことをするひとではありません。私が保障します」

と珍しく大きな声で応対している。朝のニュースではＩ助教授としか出ていなかったが、年齢などから板倉ということが漏れたらしい。

その後、朝十時から学長の会見があるという知らせが入った。いったいどういう会見になるのであろうか。聡はいやな予感がした。一刻も早く板倉に会いたいが、事務も連絡がとれないという。

テレビカメラが何十台も並ぶ中で、東郷学長の会見が始まった。

「まず、本学関係者が関与した事件で、このように世間をお騒がせいたしましたことを、まず、責任あるものとしてお詫びを申し上げます。ただし、事件の全容に関して、われわれもまだ把握しておりません。また、本人も犯行を否認しているということで現在のところ、処分を含めた対応はまだ確定しておりません。もちろん、警察による現行犯逮捕であったという事実は、厳粛に受け止め、もし仮に、このような卑劣な行為が本学教員によって行われたとすれば、厳重な処分を行うことは当然のこと、本人だけではなく、その管理者の責任も含めて厳しく対応していきたいと思います」

その後、記者からは個人名の問い合わせや、学長の責任を追及する質問もあったが、事実関係がはっきりするまでは、大学としても対応ができないとの一点張りで収拾のつかない記者会見となった。

板倉からはいっさい連絡がなく、その日は何事も手につかなかった。つぎの日の朝、板倉から、待ちに待った連絡が入った。すぐに会いたいという。待ち合わせた場所は、上野にある二十四時間営業のカラオケボックスであった。聡が指定された部屋に行くと、板倉は、憔悴した様子もなく

「今回は、参った」

と笑っている。聡は笑っている場合じゃないだろうと思ったが、少し安心した。

板倉の説明はこうであった。板倉が「福や」で、ある人物と飲んで分かれたあと、駅に向かおうとしていると、路地からふたりの男に両腕をつかまれて引き込まれた。抵抗しようともがいていると、そこに、女性がいて、大声でわめきだしたという。すると、なぜか警察官がすぐにあらわれ、女性にどうしましたと聞いた。その女性は、このひとに胸を触られたと言って、急に泣き出したという。そのときには、板倉を路地に連れ込んだ男たちはすでに姿を消していた。板倉は否定したが、すぐに現行犯逮捕され、近くの交番に連れて行かれたらしい。女性も同行し、事情聴取に応じたら

しいが、名前を出したくないといって、帰ってしまったという。本来、暴行事件は、被害者が申告しなければ問題にならないはずであるが、なぜか、板倉はそのまま交番にとどめ置かれ、事情聴取を延々と続けられたという。そこで、東都大学の助教授ということも明らかにしたが、つぎの朝にはニュースになっていてびっくりしたという。その後は、知り合いの弁護士に会って、この件の相談をしていたらしい。

聡は、不思議に思った。誰かが意図的にマスコミにリークしたとしか思えない。それに、板倉の件は、まったくの濡れ衣である。完全に仕組まれたわなだ。おそらくは白井一派の陰謀であろうが、ここまで手の込んだ芝居を打つというのは、相当追い込まれた何かがあるのであろうか。

「聡、実は、まだ話していなかったことがある。隠し事をしていたわけではないんだが、ある事情があって、話せなかった。しかし、相手が、これだけ無茶なことを仕掛けてくるとなると、このまま放っておくわけにもいかない。こんな場所を選んだのも、ここならば、盗聴の心配がないと思ったからなんだ」

こう言って、板倉は驚くべき話を始めた。

14　板倉の過去

板倉の父親は、地方の国立大学の教員であった。運良く、文化省の在外研究員制度に合格し、国費で三年間、米国の大学で研究することになった。板倉は、家族と一緒に米国にわたり、小学校四年生から六年生まで過ごした。

帰国すると、板倉は、すぐに市内の公立中学校に進学した。希望をいだいて入学したにもかかわらず、板倉を待っていたのは陰湿ないじめだった。それも教師からのいじめだったという。板倉の英語の発音は、完璧であった。しかし、それは、中学校の英語教師のそれとは、あまりにも違っていた。教師は板倉の発音が悪いと徹底的に攻撃した。そして、ついには、その変な発音がまわりの生徒に悪影響を与えると板倉の英語の朗読を封印してしまったのである。

この年頃の生徒は敏感である。教師が板倉をいじめていると分かったとたんに、いっせいに板倉をいじめはじめた。日本語の発音が変だといっては、板倉の言い方をまねてはやしたてた。話し方の変なことを「いたくら」という隠語を使って陰でからかうまでになっていた。板倉は大いに傷ついたが、教師がいじめているのであるから始末に悪い。当然、成績も下がり、次第に学校からも遠ざかるようになっていった。

両親は心配して、いったいどうしたのかと板倉を攻めた。あれほど、成績が良かった息子の豹変に驚き、とまどったのである。しかし、板倉は真実は告げなかった。もし、本当のことを言ったとしても、信じてもらえないだろう。まさか教師が先頭にたって、生徒のことをいじめているなど考えられないからだ。

そんな板倉に目をつけたのが、中学校の不良グループであった。板倉は身長がすでに一七五センチほどあったので、外見はめだった。本当は、得意のバスケットボールをしたかったのだが、それもかなわなかった。板倉は、校舎のかげで、タバコを吸った。とてもにがくて、煙は苦しかった。アメリカの小学校では、いかにタバコが害を与えるかということを習う。板倉は、あんな毒にしかならないものは一生吸うことがないだろうと思っていた。しかし板倉には、人生など、どうでもよくなっていた。

中学二年になって、板倉が不良グループに入ったと分かったとたん、まわりの対応に明らかな変化がみえはじめた。表だって、板倉にいじめをする人間がいなくなったのである。そして、自分でも驚いたことに、板倉にはけんかの才能があることが分かった。もともと背が高いうえ、アメリカの食事で栄養をたっぷりとり、バスケットボールなどのスポーツで鍛えたからだには膂力《りょりょく》が備わっていた。

けんかの相手は、まず板倉の上背と体格に圧倒される。しかも、腕を組んだ時の握力もばかにならない。しだいに、板倉は、番長と呼ばれるようになっていた。板倉は、ある時、自分をいじめた英語教師を呼び出した。英語教師は顔面蒼白で
「わたしが悪かった」

と萎縮した。板倉は、じっと英語の教師をにらみ続けた。教師は恐怖で、おびえた猫のように泣き出した。それを見たとたんに、板倉は何もかもがいやになった。

「こんなくだらない人間のために、おれの一生はだいなしにされたのか」

板倉は
「行け」

とひとこと言った。教師は、最初は意味が分からなかったようだが、一目散に逃げていった。

中学三年生になると、板倉は近くの米軍基地の兵士が通っている繁華街に顔を出すようになった。この街に出入りしている高校生が、米兵とトラブルを起こしたのがきっかけだった。高校生の母親は、この町でスナックを経営している。そこに飲みに来ていた米兵が、金をはらわずにトラブルとなったのだ。高校生は母親のために、抗議に出かけていって、返り討ちにあったらしい。

その頃、板倉は高校生の間でも結構有名な顔になっていた。板倉の身長は一八〇センチになっていて、けんかで鍛えた体には、筋肉もついていた。並の高校生では、もはや、板倉には対抗できなかったのである。頼まれた板倉は、この街に出かけていって、借金を踏み倒した米兵と向き合った。米兵たちは、最初は、知らん振りを決め込んでいた。日本語が分からないといったジェスチャーで板倉をこばかにしていた。ところが、板倉が急に流暢な英語で、話しはじめたので、みな驚いた。借金を払わなければ、こちらにも考えがある。訴え出ても良いといった。それでも、米兵たちは、無視しようとしたところ、米軍の将校が現れた。店で飲んでいたら、外が騒がしい。ふとみると、米兵が日本の若者と怒鳴りあっている。そこで、心配になって出てきたのだ。最近は、暴行事件などで米兵の評判があまりよくない。

板倉は、事情を説明した。将校は、米兵たちに確かめた。板倉が英語が堪能ということが分かっているので、下手なことは言えない。しぶしぶ、自分たちの非を認めた。実は、この米兵たちは札付きのワルで、この一帯で、いろんな店の勘定を踏み倒していたのである。

この事件のあと、板倉はいちやく有名人になった。そして、この街のいろいろな店から、米兵とトラブルがあったときの調停役をまかされるようになったのである。

板倉は、高校進学はとっくにあきらめていたが、母親のどうかお願いだから高校ぐらいは出てくれという懇願で、仕方なく、地元でもっともレベルの低い私立高校に進学した。父親は、県下の有名な進学校の公立高校への進学を望んでいたが、それは、もはや望むべくもないことであった。

高校でも、板倉は有名人であった。もはや中学校では、板倉に逆らうものなどないくらいの不良となっていたが、板倉の武勇伝はすでに地方都市に広まっていた。米兵相手の立ち回りに尾ひれがついて喧伝されたからである。すでに身長も一八六センチに達していた。板倉のことを心配した教師の内山はバスケットボールかバレーボールをやらないかとさかんに誘ってくれたが、もはや、スポーツに熱中する気分にはなれなかった。

そんなある日、内山が、ある講演会に参加してみないかといってきた。一般向けの科学の講演会だという。講師は、東都大学の助教授で、山下真一という新進気鋭の研究者だという。板倉は、何が科学だと、一笑にふした。この教師は、気がふれたのではないだろうか。板倉に科学などまったくお門違いの話である。しかし、内山はひるまなかった。何度も何度も板倉に講演会に行けといってきた。あまりにもしつこいので、しかたなく板倉は行くだけは行くと承諾してしまった。

会場に行くと、受付で名前を記入させられた後、講演内容のパンフレットの入った冊子をもらった。会場は二百人ほどの定員であったが、その半分も埋まっていなかった。これでは、席をたちにくい。どうせ、暇だからと、人がほとんど座っていない前の方に行った。東都大学といえば、日本の最高学府である。俺にはまったく縁のない世界なのに、あの教師は何を考えているのだろうと、思わず笑いたくなった。

講演は、身近な話から始まった。これだけ、科学の進んだ世の中なのに、なぜ人類は明日の天気さえ予報を間違えてしまうのだろうか。板倉は、そんなことどうでもいいじゃないか、ばかなやろうだなと思った。それでも、ふと、本当に天気予報はなぜ百発百中ではないのだろうかと思った。それから、身近な話題がしばらく続いた。地震予知はなぜできないのか。そういえば、地震予知ができるといって嘘八百を並べては、国から何百億円もの金を騙し取っているやつらが居る。次第に板倉は腹が立ってきた。しかし、こいつの話を聞いていると、科学は無力といっているようなものではないか。本当に科学者なのであろうか。あきれかえってしまった。

ところが、しばらく話をきいているうちに、板倉は、次第に、山下の話に引き込まれていく自分に気づいた。なぜ、天気予報が当たらないか。それは、天気にはあまりに多くの事象が関連しているからだと山下は説く。現代科学には三体問題と呼ばれる限界がある。それは、二個の相互作用ならば厳密計算が可能であるが、三個になるとお手上げだというのである。板倉は、本当だろうかと疑った。山下は、さらに、だからと言って、科学が無力かというとそうではない。その限界を知ったうえで、人類は、いろいろな工夫をして、この限界に挑戦してきた。それが現代科学の隆盛をもたらしたのであると説いた。

そして、何よりも板倉が気に入ったのは、科学とは、宇宙の神秘を解き明かす学問だという話を聞いたときだった。そこには、真実がひとつしかない。ただ、人類は、いまだ本当の真実には近づいていないと山下は言った。

板倉は、こんな世界があったのかと思った。誰にも捻じ曲げることのできない世界。そこには、真実がひとつしかない。そして、思わず、こんな自分でも、その自然の真実を解き明かす力になれないだろうかと思った。それは、いままで自分では思いもつかない心の底から突き上げる情熱であった。

講演会が終わったあとに、板倉は、がらにもなく自分から、講演者の山下に会おうと思った。しばらくすると、山下が出てきた。板倉は失礼かと思ったが、ドアを出ようとする山下に近づいた。

「先生、少し時間をよろしいでしょうか」

山下は、立ち止まって
「ええ、何か聞きたいことでもありますか」

とやさしい笑顔で聴いてきた。

「先生、私でも先生と同じように宇宙の神秘を解明することができるでしょうか。わたしは、できの悪い生徒で成績も最低です。でも、今日の先生の話を聞いて感動しました。もし、できるなら、先生と同じような研究がしてみたいと思ったのです」

すると山下は
「問題は、いまのあなたの成績でありません。あなたのやる気です。もし、本当にあなたがそうしたいと望むなら、夢はきっとかなうはずです。もし、何か相談ごとがあったら、いつでもわたしに連絡してください」

そういうと、山下は、どこの馬の骨とも分からない板倉に名刺を渡してくれた。

「先生、私は板倉健と申します。ありがとうございました」

山下はがんばれというように、板倉の肩をはげますように叩くと、手を挙げて会場をあとにした。

それからの板倉は変わった。それまで、勉強などしてもしようがないと思っていたが、山下にできるだけ近づきたいという一心で一生懸命勉強しだした。多くの教師は、板倉の変身を信用しなかったが、内山だけは喜んでくれた。内山も、かつて山下の講演を聴いて感動したことがあったらしい。ひょっとして、板倉があの講演を聞いたら、気が変わるのではないかと期待していたようだ。それが、まんまと成功したことになる。

もともと、板倉は勉強が嫌いだったわけではない。あの英語教師のいじめをきっかけに学校生活がいやになっただけのことである。一度、まじめに勉強に精を出すと、いろいろなことに対する見方が変わっていった。数学は得意であったし、英語はなお得意分野である。いつのまにか、高校でトップの成績をおさめるようになった。とは言っても、三流高校であるから、地元の進学校の生徒の実力には、はるかに及ばない。それでも充実していた。

この時、内山から、県の英語弁論大会に参加してみないかという誘いを受けた。最初は断ったが、人前で話すことは、自分の考えを整理する意味でも重要だし、もし、将来研究者になりたいなら重要な素養だと言われた。そこで、山下の講演を思い出した。自分は、いつかは、あの先生のようにひとを感動させる講演をしてみたい。板倉は、弁論大会への参加を承諾した。

思いもよらなかったことだが、板倉は決勝の五人まで残った。県で優勝したものは、全国大会に進むことができる。板倉の英語は完璧であったうえ、自分がいったん不良になったものの、ある先生の講演をきっかけに立ち直って、いまでは研究者を目指して頑張っているという話は聞いているものたちの心を打った。誰もが板倉の優勝を確信したが、結果は、英語の発音もまともにできない進学校の生徒の優勝となった。教育委員会から派遣された委員が、板倉の優勝に強固に反対したからであった。県でも恥といわれる私立高校の生徒が県代表になることが許せなかったのだ。

板倉に弁論大会への参加を薦めてくれた内山は、この結果を聞いて逆上した。そして、審査員に向かって、お前らの眼は節穴か。おれは、こんなばかな審査結果は許さないといきまいた。板倉は、内山のところにかけより

「先生、気になさらないでください。僕は、先生がこの大会に出ろと言ってくれたことだけで感謝しています。結果は関係ありません」

すると、審査員のひとりの外人が立ち上がった。そして英語で宣言した。

"I am sure the real winner of this speech contest is Mr. Itakura."

もちろん判定は覆らなかったが、板倉は、二人が自分を評価していてくれる、それだけで十分であった。

教師の内山は、その後、なぜか謹慎処分を受けた。教育委員会の委員に反発したのが理由らしい。板倉は内山の元を訪れ、くれぐれもやけを起こさないようにと説得した。

「僕は先生のおかげで、救われました。いま先生がやめたら、自分のような生徒は不幸です。先生どうか軽率なまねだけはなさらないで下さい」

内山は愉快そうに笑った。板倉に自重を求められるとは思わなかったという。そして、校長に辞表をたたきつけようかと思ったが、気が変わったと言ってくれた。板倉はこう続けた。

「もし可能なら、将来、自分は内山先生のような教育者になりたいです」

内山は目に涙をうかべて、板倉の手を握った。

板倉は、ひとが変わったように勉学にはげむようになった。高校三年生の時には、県下の模擬試験で常にトップをとるようになった。あわてたのは学校である。誰からも嫌われる不良学校から、県一番の秀才が現れたのだ。かつて、学校一のワルといわれた不良が、いまでは、学校一のホープとなった。この成績ならば東都大学合格も間違いない。

板倉としては、山下のいる東都大学を目指したかった。しかし、ここで問題が持ち上がった。まず、学校である。何しろ、誰ひとりとして過去に国立大学に進学したことのない学校である。万が一にも、板倉が受験に失敗したら、千載一遇のチャンスを逸することになる。

つぎの問題が母親であった。板倉は完全に立ち直っていたが、母親は不安であった。ひとりで東京に出したら、またぐれだすかもしれない。結局、板倉は地元の北東大学を受験することになった。

板倉は、難なく大学に合格した。「偏差値四〇以下の高校から、北東大学へ」というタイトルで、板倉の合格は地元紙をにぎわした。テレビの取材もあって、板倉はいちやく時の人となった。板倉が残念に思ったのは、山下のもとにいけなかったことだけである。

大学に入った板倉は、がっかりした。山下のような講義が聞けるかと思ったが、講義は退屈で、教授たちにも魅力は感じられなかった。板倉は、思い切って山下に手紙を書いた。山下からの返事には意外なことが書いてあった。

「決して大学の講義に期待してはいけない。大学は教わるところではなく、自分から学ぶところである」

と。そして、月に一回、私的な勉強会をしているから参加してみないかと誘われた。

板倉は、すぐにも東京に行ってみたかったが、親からはなかなか承諾が得られなかった。当たり前の話である。板倉は北東大学の学生である。その講義をまじめに受けるのが先であろう。わざわざ大金を払って東京まで出かけるのは言語道断である。

板倉は、バイトをはじめた。自宅生であったので、金銭的には恵まれていた。そして、三年生になったとき、初めて、山下が主催している会合に参加した。板倉は驚いた。この会合には、山下を信奉する若者が日本全国から集まっていた。総勢二十名ほどであったが、活発な議論が戦わされていた。時には、山下に対する批判的な意見も出た。

「結局、山下先生でさえもわかっていないのではないですか」

これに対し、山下は

「すべての疑問に答えられるほど私は頭はよくないよ。でも、答えがすぐに出ないことにこそ、研究者が取り組むべき宝の山があるのではないか」

板倉は興奮した。これこそが、学問であると思った。大学とは、このように知を探求する場であるべきだ。

ひとしきり、忌憚のない意見交換をした後、山下の自宅に招かれた。板倉は驚いた。山下の奥さんは、豪勢な料理で、若者を歓迎してくれたからだ。しかも、誰にも会費を求めないという。地方から来るひとたちは、交通費だけでも大変だろうという山下の配慮だった。板倉も最初は遠慮していたが、空腹には勝てず、いつしか率先して料理に手を出していた。

この頃、山下に女の子が生まれた。名前は恵理。山下の門下生は、みんなで祝った。さすがに出産の前後は、自宅でのパーティはとりやめになったが、半年もしないうちに再開となった。板倉も、山下家に出かけるたびに、赤ん坊の恵理をあやしたという。

聡は、板倉の話の途中ではあったが、非常に驚いた。その女の子が、かつて、聡が思いを寄せていた山下えりなのであろうか。しかし、聡は口をはさまずに、板倉の話をだまって聞くことにした。

いつしか、ゼミは山下スクールと呼ばれるようになっていた。板倉は、両親を説得し、大学院は山下のもとに進もうと考えるようになった。しかし、ただでさえ違う大学からの進学は競争がはげしいうえ、東都大学内でも山下を慕う学生は多かった。板倉は、この難関を突破し、見事、山下研究室の一員になることができた。

板倉に与えられたテーマは、ミクロとマクロの融合であった。山下の専門は量子工学であった。ミクロの世界を支配する量子力学をいろいろな分野に応用しようというものである。しかし、実際にわれわれが扱うものは莫大な数の粒子の集合である。量子力学を基本に、統計的な手法も取り入れないと、実際の現象には対処できないのである。例えば、水の化学式は H_2O である。水素原子二個と酸素原子一個からできている。量子力学を使って、この分子構造や、その性質を解析することは可能である。しかし、水の分子が集合した時に量子力学では説明できないことが起こる。水は、固体の氷、液体の水、そして気体の水蒸気というように、温度によって、その状態が変化するのである。ただし、どんな状態であっても、ミクロには水の分子であることには変わりがない。この変化を量子力学で説明することはできない。

板倉の研究は、非常に難しいものではあったが、それなりにやりがいのあるものであった。毎日が充実していた。板倉は両親を説得し、博士課程へ進学した。山下も、快く進学を歓迎してくれた。その頃には、山下と共著で、有名な海外のジャーナルに論文を発表していた。国際会議にも何度か出席したが、板倉の流暢な英語は、海外の出席者を驚かせた。

博士課程を卒業すると、山下は板倉にアメリカに行ってみないかと薦めた。知り合いの教授がポスドクを探しているというのだ。よい武者修行と考えた板倉は、山下の薦めに従った。

板倉は、二年ほどポスドクを勤めたあと、研究員として正式に採用された。リサーチアソシエイトというポストで、日本で言えば研究助手である。その頃、アメリカのサンタモアに複雑系を研究する研究所が開催されるという噂が流れてきた。板倉は、自分の研究に関連する分野であるので、とても期待していた。板倉が一躍、世界にその名前を轟かせたシンポジウムが開催されたのは、この一年後のことである。

板倉が米国にわたって四年ほどして、驚くことが起きた。山下が東都大学を退職し、アメリカの大学の教授に就任するというのだ。東都大学では、山下のように、研究業績に優れたものは、出世がしにくいうえ、ある年齢以上になると、研究以外の仕事が増えてくる。それも、東都大学の教授になるためのステップとは言え、政府の会議や学会の雑用など、あまり意味のない仕事が増えすぎ、ほとんど研究ができなくなるのだ。山下は、まだ四十前であったが、アメリカの大学に教授として迎えられたのだ。

板倉は、さっそく山下の赴任先の大学に挨拶に行った。山下に与えられた部屋の大きさと研究予算の額を聞き、大学の期待がいかに大きいかが分かった。山下は自宅にも誘ってくれた。東京では考えられないほどの大きさだった。板倉は、自分も立派な業績を残して、山下のようになりたいと決意した。

奥さんは、あいかわらず、やさしく板倉を歓迎してくれた。子供の恵理は、すでに小学校三年生となっていた。アメリカの学校に行くのが楽しいと言っている。板倉になついて、一緒に遊ぼうとせがんだ。板倉は、その時撮った写真だと言って、聡に一枚の写真を見せた。そこには、若き日の板倉と、忘れもしない山下えりの姿があった。まだ、幼さが残っているが、まちがいなくえりだった。

驚く聡を無視して、板倉はさらに話を続けた。

「えりちゃんが中学校一年生になったとき、山下先生はオーランド大学に引き抜かれた。アメリカの大学ではスター教授の引き抜きは当たり前だ。そのために、高い年俸も用意する。しかし、山下先生が大学を移ろうと思ったのは、金や地位のためではない。オーランド大学に、先生が尊敬する教授が居て、どうしても共同研究をしたいという申し出があったからなんだ。この頃の先生がいちばん幸せだったのかもしれない」

その頃、日本では山下のアメリカ行きに対して頭脳流出だと問題になっていた。特に、東都大学では、数少ない優秀な研究者であったから、文化省の役人たちから、大学幹部がずいぶんと責められたらしい。しかも、山下はアメリカで着々と成果を挙げているという噂である。もし、ノーベル賞でも受賞することになったら、一大事である。文化省が日本の大学にかなりのお金を落としているが、めぼしい成果が出ていない。アメリカに渡った山下が受賞でもしたら、面目まるつぶれである。そして、山下がオーランド大学に移ってまもなく、日本の東都大学にサンタモア研究所に似たような複合領域を研究する研究所をつくろうという話が持ち上がった。

「文化省は、その初代所長に山下先生の起用を考えたんだ。もちろん先生は、辞退した。自分は、まだ大学を移ったばかりで、これから新しい分野に挑戦しようとしている。しかし、文化省もなかなか強引だった。日本のために、どうか、このポストを引き受けてほしいと、何度も役人がアメリカまで来て懇願した。ついに、そこまで求められるならということで、先生は文化省の誘いを承諾した」

聡は思った。えりが急に帰国した背景には、そのような舞台裏があったのかと。あの時、山下先生が文化省からの要請を拒否していてくれたら、自分とえりはどうなっていただろうか。

15

罠

山下は、新しい学問を日本に根づかせたいという一心で、新しい研究所の設立に奔走した。研究所と言っても、立派な建物があるわけではない。山下は、もと居た学科の教授を兼任しながら、その準備にとりかかったのである。研究所の成否は、予算や設備よりも、いかに優秀な人材を集めるかにかかっている。山下が研究所長になることを承諾した背景には、人事をまかせるという約束があったからである。

「山下先生は、私にも声をかけて下さった。もちろん、喜んで承諾した。アメリカの大学でテニュアをとれそうだったが、山下先生のもとで働けるならば、こんな幸せはない。私は、まず学科の助教授に就任し、かつての山下スクールの人材を集めはじめた。ところが、大学の事務から待ったがかかったのだ。山下先生は、優秀な人材を集めるために大学や国籍にこだわらなかった。東都大学初の外国人の教員採用も検討していたのだ。ところが、大学は、慣例で東都大学出身者を優先してほしいと依頼してきたのだ」

山下は拒否した。それでは、山下が求める理想の研究所はつくれない。山下が帰国して半年ほどした時に、怪文書が新聞社に届いた。山下が、研究補助金を不正に流用しているという告発であった。

アメリカでは、教授に秘書がつくのは当たり前である。研究業績の多い教授には、複数の秘書がつく場合もある。ところが、山下が帰国した当時は、日本の大学教授に秘書がつくということはほとんど無かった。もともと、研究や教育に熱心ではないうえ、仕事もほとんどしないので、秘書をつける必要がなかったというのが実情であろう。しかし山下は、アメリカの大学をやめたとはいえ、多くの共同研究や、指導すべき研究者がたくさん居た。自分の研究だけではなく、研究所設立に奔走する山下にとって秘書の採用は不可欠であった。よく、山下は板倉に対し
「研究をすべき君に、秘書のような仕事をさせて申し訳ない」

と詫びた。そして、山下は大学に掛け合い、秘書を採用していたのである。

その頃、山下は板倉に驚くべき事実も告げていた。研究所は、東都大学の敷地ではなく、郊外に設立する予定になっていた。かつての国立研究所の跡地を利用して、研究者ひとりあたりの使用面積の大きいアメリカ型の研究所にしようと考えていたのである。山下が調べてみると、この跡地買収や新研究所の設計や建設に関して、おかしな資料が出てきたというのだ。実は、この研究所は、当初、東郷と白井が文化省の役人にかけあい、その推進役となって、研究所設立に向けて動いてい

たのである。しかし、旧来型の研究者では斬新な改革はできないという批判の声が、学内や文化省からも寄せられ、急遽、山下の起用が決まったのである。

山下の指摘によると、土地買収などにかかる経費の一割ほどが、使途不明になっているというのだ。もちろん、このような大型の予算がつくと、本来の見積もり品目だけでは対処できないものも出てくる。このため、一割近くの予算を委任経理金の名目で、自由な経費として使うことは許されている。この予算を、大学などでは、自分の海外旅費や飲み食いに使う教授もいて、役得とみなされていた時期もあった。しかし、今回のプロジェクトは総予算が三百億円にも及ぶ。三十億円ものお金の使い道が不明というのだからおだやかではない。最初は、山下も気づかなかった。文化省から出向している会計担当者は

「先生は、細かいことには気をとられずに、研究所の設立だけを考えいただきたい」

と言って、伝票類の提示を拒んだが、アメリカでは、リーダーが経理も含めて全責任をとるのが当たり前である。山下は会計担当者に強く要求した。その結果、判明したのが、巨額の使途不明金である。しかも、研究所の設計や建設を担当する会社の選定にも疑いが発覚した。東郷とのコネがある実績のない会社が幹事役となっているのである。幹事とは名ばかりで、実質的な設計や工事は、一流の企業が行っている。これは、国の予算が使われる時の普通の形態であったが、山下には我慢がならなかった。

さらに驚くべきは、接待費として使用された金額の多さであった。文化省の役人との懇談となっているが、高級料亭だけでなく、銀座のスナックの領収書まで出てきた。世界の最先端の研究所設立にあたって、このような予算の使い方は許されるべきではない。山下は徹底的な追及を要求した。そんな時に、突然持ち上がったのが、山下の研究補助金不正利用疑惑である。新聞には、山下が、使ってはいけない研究用の補助金を人件費つまり秘書の雇用に利用したというものであった。文化省は

「予算の流用は重大な規定違反であり、もし、そのような事実が仮にあったとすれば、厳重に対処したい」

というコメントを新聞に寄せた。世の中は、大騒ぎになった。本来、騒ぎになることがおかしな内容であるが、世間は、山下が予算を不正に流用した悪の張本人であるという論調に染まってしまったのである。

文化省の中には、山下に対して同情的な意見も多かったが、大手新聞を代表として、テレビなどのマスコミが、事実を捻じ曲げて報道したため、世間の山下に対する非難の声があまりにも大きくなった。このため、次第に山下をスケープゴートにして、世の中の非難をかわそうという態度に変わっていった。板倉は、これが文化省の役人と、東郷、白井たちが画策した罠であると看破したが、いくらそのように訴えてもマスコミは相手にしてくれなかった。

山下の家には、連日、マスコミが押しかけ、世紀の大悪人を血祭りにしようと、近所からも些細な悪評を聞きつけては、誇大に記事にした。えりも、ただでさえ帰国子女として仲間はずれにされていたが、学校で陰湿ないじめにあうようになっていった。

聡は、えりの手紙を思い出した。「学校でいじめられるのはつらい」と書いてあった。その裏に、こんな事件があったとは、アメリカにいる聡には知る由も無かった。

山下は、いくら世間から非難されても、「自分は決して間違っていない」と毅然とした態度をとっていた。そうであろう。秘書の雇用にしても、大学がとった措置であって、山下本人は直接かかわっていない。その金を、研究所設立準備金から捻出したのは、大学の事務である。山下には、この卑劣な罠が、本当の悪者たちがたくらんだ姦計だということが、よく分かっていた。だから、ここで負けてはいけないと、反撃とばかりに積極的な調査に乗り出した。ある日、板倉に対し

「ついに決定的な証拠をつかんだ。文化省のとんでもない役人が不正にかかわっていることが分かった。これで、この問題に決着をつける」

と話した。

しかし、板倉は心配した。文化省の高級官僚がかかわっているとなると、警察や新聞も仲間と考えた方がよい。下手に動くと山下の立場がもっと悪くなる可能性がある。板倉の心配は現実のものとなった。ある日、大学の研究室に居ると、事務室から

「先生、大変なことが起きました」

という連絡が入った。急いでテレビをつけると、すべての放送局が同じ事件を流していた。「東都大学の悪に天誅」というタイトルで、アナウンサーが興奮した面持ちで、マイクを握っている。見ると、バックは山下の家族が住んでいるマンションの玄関であった。

「本日、午後四時すぎに、大学から帰宅した東都大学教授山下真一氏が、自宅前で何者かに包丁で刺され、死亡しました。容疑者は興奮しており、供述はとれておりません」

映像では、犯人が犯行後に、近くに居たマスコミに向かって

「悪に天誅を加えてやった」

といって、包丁をかかげる映像が流されていた。マンションのまわりには、多くのマスコミが駆けつけていたが、誰も山下を助けようとはしなかったのである。山下は、犯人から数十ケ所もさされていた。中には、歓声を上げて、犯人を称えているマスコミ関係者も居たらしい。

実は、山下が

「今回の事件に関して、重大な事実が発覚した。それをマスコミに訴えたい」

と言って、午後五時から記者会見を予定したのである。その発表直前の凶行であった。

犯人は、右翼の活動家で

「国民の大切な税金を私物化する悪党を退治するために、義憤に駆られて行った犯行である」

という声明を発表した。凶悪な事件であったにもかかわらず、マスコミは犯人に同情的であった。警察も、なぜか捜査をほとんど行わず、ひとりの活動家の単独犯行ということで簡単に片付けてしまった。山下が何を発表したかったのかという内容に対し、興味を寄せるマスコミもあったが、おそらく「自分の罪を軽くしたいというパフォーマンスであろう」ということで片づけられた。

この犯行後も、山下家への執拗ないやがらせが続き、山下の妻と娘は、追い立てられるように、マンションから出ていった。最後まで、マスコミは山下家を非難し続け、ふたりが避難していた実家にも押しかけてきた。凶行をおかした犯人よりも、その被害者を徹底的にいじめる。これがマスコミの実態である。ふたりは、その実家からも追われ、その後の消息は板倉にも分からなくなった。

聡は、えりから突然

「もう会えない」

という手紙が来た時に、その背景に、このような大事件があったとは、想像もできなかった。聡は、後悔した。なぜ、あの時、えりの立場に気づかなかったのであろうか。自分は、えりのことを最後まで信じてやれなかった。

その後、研究所の初代所長には、東郷が就任した。また、白井も副所長として、東郷を支えることになった。もちろん、理想の研究所からは、ほど遠い存在となり、採用された教員も、研究論文を一報も書いていない白井の子飼いで占められた。当然、世界的研究成果など生まれるわけもなく、現在では、大学のお荷物研究所となっている。めぼしい成果も、ほとんど出ていない。しかし、東郷や白井にとっては、学科の人事よりは基準がゆるいため、自分たちの恣意で人事を進められる理想の場所となっていた。そして、不思議なことに、文化省からは、毎年のように巨額の研究費が支出されていた。この研究所の事務局は、文化省から多くの天下りと出向者を受け入れている。

板倉は、研究所から追われ、いまの学科に移動した。さすがに、業績も群を抜いた板倉を、すぐにやめさせることが難しかったようだ。しかし、研究所に置いていたのでは不正が働きにくい。そこで、表向きは栄転とみなされる研究所から学科への移動を働きかけたのだ。

板倉は、しばらく山下の死から立ち直れなかった。日本という国は、その宝ともいうべき存在を抹殺してしまった。それも、役所やマスコミを含めた、日本人全体である。そして、残ったのは、国に害を与えこそすれ、益は与えない輩ばかりである。その時、えりから一通の手紙が板倉のもとに届いた。

「真相を明らかにして、父の名誉を回復してほしい」

板倉は自分だけのことしか考えていなかったことに気づいた。山下先生という偉大な存在を失って、これから自分がどうしたらよいか、それだけで頭がいっぱいだったのだ。遺族の苦しみや怒り、そして無念はいかばかりであったろうか。板倉は、東都大学に残り、表面上は白井の部下になった。もちろん、研究は続ける。自分をこの世界に入るきっかけを作ってくれた先生に報いるためにも、これからも世界的な成果を残せる研究成果を上げ続ける。そして、真相を世間に公表し、山下の名誉を回復する。それが、板倉の使命と考えた。

しかし、真相の解明は簡単ではない。大学の関係者はすべて敵と考えたほうが良い。それに、文化省の役人、いや、それにつながる警察でさえも信用はできなかった。板倉は、マスコミ関係者でも、自分に近いものだけを頼った。ありがたかったのは、大学時代の友人であった。また、山下スクールの門下生とも連絡をとった。ある時、マスコミ関係者から、山下を殺した犯人が五年の刑期で釈放されたことを知った。

この記者の情報によると、この犯人は、山下殺害の直前に多額の借金に追われて、債務者から地獄のような取り立てを受けていたという。家族にも脅迫の手紙が届いていて、まわりは、一家心中するのではないかと心配していたらしい。しかし、不思議なことに、その借金は、犯行後にきれいに清算されていた。さらに、警察の発表では右翼の活動家とされていたが、そのような事実はないという。

板倉は、山下殺害犯を追いかけた。しかし、人権保護法という壁によって、刑期を終わってからの犯人の行方はまったく分からなかった。マスコミ関係者にも協力を依頼したが、すべて非協力的であった。ところが、思わぬ味方が現れた。この事件に疑問をもって、ずっと追いかけていたノンフィクション作家の山田彰男が板倉に接触してきたのだ。山田の取材は、緻密であった。文化省の当時の高度研究局長が、研究所の建設の不正にかかわっていたことも調べていた。また、驚いたことに、山田は山下殺害犯とも面会に成功していた。最初は、教唆を否定していた犯人も、債務者から呼び出され、一家心中か、殺人かの二者択一を迫られ、仕方なく犯行に及んだことを告白したという。しかし、背後関係についてはまったく分からず、どのようなルートで、このような殺人教唆が行われたかはわからないままだという。

そして、山田は、山下メモの存在を指摘した。山下は、記者会見で、研究所の建設にかかわる不正をすべて明らかにしようとしていた。不正な会計処理に誰がかかわり、どのように行われたかを話す予定であったらしい。これに危機感を覚えた東郷らが、事前に口止めを行ったというのが、山田の見解であった。実は、山下事件については、何人かの記者が疑問に感じ、取材を進めてきたが、記事にする段階で、必ず、上層部から待ったがかかったという。これらの取材の中で、山下が自分の身の危険を察し、東郷や文化省の役人らの不正を明らかにしたメモを残したという噂が流れているという。山田は、板倉が、そのメモのありかを知っているのではないかと聞いてきたのだ。

板倉には、山下メモの存在は予想外のことであった。ただし、板倉は、敵の牙城に居るだけに、山田が持っていない情報を持っていた。ふたりは意見交換し、これからも協力しあうことと、密接に連絡を取り合うことを約束した。この会見は「福や」で行われたが、その直後に板倉は敵の罠にはまったのだ。

聡は、板倉の話を聞いて、その根の深さに驚いた。山下は、この国の闇の部分に触れてしまったのであろうか。そして、自分がいちばん聞きたいことを板倉に聞いた。

「板倉先生は、えりのことを知っていたんですね」

「ああ、もちろん知っていた。いまでも連絡を取り合っている」

「それでは、なぜ、いままで黙っていたんですか」

「それは、えりちゃん本人から口止めされていたからなんだ。俺も、「福や」で聡から、その話を聞いたとき、すぐに本人に確かめた。すると、しばらくは秘密にしておいてほしいと懇願された」

聡は、さらに、気にしていたことを聞いた。

「えりは、いまでもひとりなんですか」

すると、板倉はこういった。

「ああ、もちろん、ひとりだよ。ぼくが、プロポーズしたことがあるけど、断られちゃってね」

「プロポーズ？？」

聡は、驚いた。声が裏返っていたかもしれない。

「小さい頃から知っていたから、本当に女性として愛しているかどうかは分からなかったが、好きな気持ちには変わらない」

それから、決心したようにこう言った。

「えりちゃんは、俺が同情でプロポーズしたと思って、俺の申し出を断っていたものと考えていた。先生が亡くなったあとも、マスコミに追いかけられ、お母さんとふたりで相当苦労した。山下門下生は、みんなでお金を出し合って、ふたりを支えようとしたんだけど、頑として受け付けない。ろくな仕事も無いなかで、バイトをしながら生計を立てていた。えりちゃんも、夜間の高校を卒業した。その直後に、お母さんが過労で、倒れて亡くなってしまった。本当に気の毒だった。その時に、俺はえりちゃんに一緒になってほしいと申し出た。ところが、えりちゃんは、私の心には、ある人しかいない。分かれてしまったが、その人を一生思い続けて生きていくと言うんだ。俺は、同情ではないから、この気持ちを分かってほしいと言ったんだが、受け入れられなかったね」

聡には、ショックな話であった。その人とは、自分のことなのであろうか。

「そして、えりちゃんは、思わぬ申し出をした。実は、お母さんはえりちゃんのために、一千万円近いお金を貯めていたんだ。それに、山下門下生の基金を入れて、大学に進みたいと言ってきた。必ず、借りた金は返すという」

山下門下生らは、えりちゃんの進学をみんなで支援した。なんと、彼女は大学四年間で通訳の試験にも合格し、卒業後は、外資系の金融機関に就職した。

「みんな安心した。ところが、驚いたことに、それから数年して、その会社を辞めてしまった」

「どうしてなんですか」

「実は、彼女はお父さんの名誉を回復することを、ずっと考えていたようなんだ。俺は、彼女の考えに最初は賛成しなかったが、あまりにも、彼女の決意が固いので、支援することにした」

しかし、白井一派にそのことを悟られてはいけない。そこで、ふたりは、あることを画策した。そして、協力して、白井一派の悪事をあばこうと努力していたのだ。

そんな時に、聡が大学に来ることを聞いた。山根のお声がかりと聞いて、板倉は、最初は白井の仲間かと思ったが、そうではないことが分かって、喜んだという。ところが、聡の話から、聡がえりのかつての恋人と聞いて本当に驚いたという。板倉は、えりの話は自分のプロポーズを断るための方便と考えていたらしい。

「あの時は、ショックだったよ。でも、聡をみて、正直、えりちゃんとお似合いだと思ったよ」

聡は、えりの苗字が山下と教えたときの板倉の狼狽を思い出した。

「あの後、すぐにえりちゃんに確かめた。本人は、その通りだと認めた。だけど、決して聡には、そのことは言わないでくれと念を押されていたんだ」

聡は、混乱した。えりは、聡の来日を知っていたのだ。それなのに、声をかけてくれなかった。

「それで、えりは、どこに居るんですか」

「聡もにぶいね。すぐ、そばに居るじゃないか」

「え？」

「長谷川さんだよ。長谷川恵里さんが、聡のかつての恋人の山下えりちゃんだ」

「そんなばかな」

聡は、にわかには信じられなかった。

「だいいち、苗字が違うじゃないですか」

「ああ、長谷川というのは、お母さんの旧姓さ。先生が亡くなったあとに、お母さんの姓に戻したんだ。あれだけ、騒がれた事件だったから、マスコミの追及をかわすためにも仕方がなかった」

「それにしても」

「あまりにも印象が違うというんだろう。それなら、俺とえりちゃんの作戦は見事に成功したということだね。白井たちから疑われないように、暗いイメージになるような化粧をしたうえ、ちょっと変なめがねを選んだ。しかも、長い髪もばっさり切って、かつらをつけることにした。髪を切ることを、本人はとても残念がったがね」

するると、板倉は、聡にある写真を渡した。これが、本当の長谷川恵理さんの写真だよ。聡は驚いた。髪は短いが、そこには、確かに成長したえりの姿があった。

「えりちゃんは、聡に気づいて欲しかったんだろうな。たとえ、イメージを変える化粧をしたり、めがねをかけ、かつらをつけていたとしても、気づいて欲しかったんだろう。ただし、いきなり聡がえりと言って声をかけたら、山下先生のお嬢さんということがばれてしまう。だから、立場上も難しかったんだろう」

聡は、はじめて長谷川に大学であったときのことを思い出した。めがねをずらすようにして聡を見た。あの時、えりは、聡に気づいてほしかったのではなかろうか。しかし、サザエさん頭はやりすぎだ。あれがなければ、自分は気づいたかもしれない。聡は、板倉に抗議しようかと思ったが、やめた。

さらに、聡はあることに気づいた。それは、えりと交際を始めた頃のことだった。アメリカの学校では、先輩や後輩に関係なく、ファーストネームで呼び合うのが当たり前であった。学校で、えりは、聡を「さとし」と呼んでいた。ところが、ふたりきりになると「さとし」が「吉野さん」に変わった。どうしてかと聡が聞くと、えりはこういった。

「だって、吉野さんは私の二年先輩です。日本だったら、さとしなんて呼び捨てにできませんよ」

「でも、ここはアメリカだよ」

するとえりは
「それは分かっているの。でも、ふたりの時は「吉野さん」でいいでしょう。日本式にしましょう。それでも、いつかは「聡さん」と呼べるようになりたいわ」

聡は、一瞬どきっとした。それは結婚ということなのだろうか。でも、なんだか口にするのが怖くて、それ以上は聞けなかった。そして、それからは、ふたりで会う時は、「えり」「吉野さん」と呼び合うようになったのだ。

聡は、長谷川が、なぜ、聡を「吉野先生」ではなく、「吉野さん」と呼び続けたのか、ようやく気づいた。あれは、えりの切ないサインだったのだ。「わたしはえりよ、気づいて」と心の中で叫んでいたに違いない。それなのに俺は、なんてばかだったんだろう。聡は悔やんだ。

聡は、板倉に

「話は、よく分かりました。敵のことも、そして、えりのことも。板倉先生、私も覚悟して戦いに参加します。その前に、少しだけ時間をください」

そういうと、カラオケボックスを出て、走った。大学まで、全速力で走った。

えりに会うために。そして、ごめんなさいを言うために。息は切れそうになったが、そんなことにかまっているひまはなかった。ただ一秒でも、はやくえりに会いたかったのだ。

大学の事務室につくと、長谷川、いや、えりは部屋に居なかった。末永さんに

「長谷川さんはどこでしょうか」

と聞くと

「長谷川さんは、昨日づけでおやめになりました」

と言う。

聡は、驚いた。あまりにも急な話だ。

「実は、長谷川さんは派遣会社の人だったんです。大学も人件費対策で、事務で働いている方の

六割は派遣の方になりました。長谷川さんには、当学科に四年も居ていただいたのですが、急に連絡がありまして、やめてもらうことになりました」

聡には、事情が飲みこめなかった。長谷川の正体がばれたということなのだろうか。

「あの末永さん。長谷川さんの連絡先は分かりますでしょうか」

「実は、連絡先は基本的には派遣会社となっておりまして、会社であればお教えできます」

しかし、派遣会社に連絡しても長谷川の連絡先は教えてもらえなかった。個人情報は教えられないというのだ。聡は途方にくれた。聡は、板倉に連絡をとったが、携帯電話は電源が切られているようだった。

16　末永の告白

つぎの日、板倉は大学に出てこなかった。板倉がえりの居所を知っているのかどうか知りたかったが、どうしようもなかった。研究室で、論文を書いていても、なかなか文章が浮かんでこない。机の電話が鳴った。板倉かと思って出たが、末永だった。何事だろうか。すると末永は、折り入って話があるので、今夜つきあってほしいと言う。

何かトラブルでも起きたのであろうか。末永はある和食料理店を指定してきた。どうしたことだろうかといぶかったが、聡は承諾した。

いままでは、長谷川に意地悪をされていたと思っていたが、それは、えりの思いやりだったことが分かる。えりは、白井一派の手口をよく知っていた。だから、その罠にはまらないように注意してくれていたのだ。厳しすぎるくらいの予算管理は、そのためだったのだ。いまさら、それに気づいても遅いだろうが。

板倉からの連絡を首を長くして待っていたが、その日、結局、連絡はなかった。朗報と言えば、デイビッドから長井がすばらしい研究成果を出し、近々論文を提出する予定だという連絡が入ったことだった。板倉やえりを連れてアメリカに渡ることは可能であろうか。ふと、そんなことを考えた。板倉の業績ならば、オーランド大学も喜んで採用してくれるであろう。えりは、自分を受け入れてくれるだろうか。

その夜、末永に指定された料理店に出向くと、個室が予約されていた。部屋に案内されると、すでに末永は到着していた。聡は、進められるままに、座席についた。末永は、ビールと吟醸酒をたのむと、仲居には、しばらくじゃまをしないようにと指示した。テーブルには、料理がすでに運ばれている。

ビールでのどを潤した。

末永は

「今日はよくおいでいただきました」

とていねいな挨拶をして、話をはじめた。それは、板倉の話以上に驚くものであった。

「吉野先生がえりちゃんの元恋人だということは、なんとなく察しておりました」

「えっ、それは、どういうことですか」

「実は、私も山下先生にお世話になったひとりなのです。えりちゃんが小さい頃から知っています」

えりを知っていた?」

「はい、山下先生がアメリカに渡る前に、私は文化省からの出向で、東都大学に来ていたのです。そのときに大変なお世話になりました。私は、キャリア官僚ではなかったのですが、先生は、そんなことに関係なく、いろいろな夢を語ってくれました。家にも何度も誘っていただきました。奥様もとてもやさしいお方で、いやな顔をせずに、歓待していただきました」

意外であった。それならば、末永は、長谷川のことに気づいていたことになる。そんな素振りは微塵も見えなかった。末永は、さらに話を続けた。

「山下先生は、東都大学は、このままではだめになるとよく嘆いていました。その考えは、わたしも同じでした。多くの若手の事務官が同じ感慨をいだいていたと思います。それだけに、山下先生がアメリカにいかれた時は、本当に残念でした。その頃、わたしは文化省に戻っていましたが、わたしの仲間たちもこのままでは、日本の大学がだめになるのではという危機感を持っていました」

ここで、末永は急に話題を変えた。

「実は、その頃、わたしは、ある女性とおつきあいをしておりました。佐々木頼子という名前で、東都大学で働いていたのです。わたしが出向している間に知り合いました。わたしは、結婚の意志を固めていたのですが、彼女がとんでもない事故に巻き込まれたのです」

聡は、佐々木という名前を聞いてドキッとした。あの佐々木さんと関係があるのだろうか。しかし、板倉は、佐々木さんは、白井の隠し子かもしれないと言っていた。

「いまでは無くなりましたが、昔は、学科の事務員と教員が泊まりがけの懇親旅行によく出かけていました。この旅行で、何と白井が頼子をレイプしたのです。あいつは、卑劣にも、頼子に睡眠薬入りの酒を飲ませたうえで、無理矢理犯したのです。白井にべったりのゴマすり事務員が手引きをしたそうです。わたしは、残念ながら、このことをしばらく知りませんでした」

レイプという話を聞いて聡は驚いた。しかし、昔の大学ではよくあった話らしい。しかし、そんな問題があっても、大学の名誉のために教授が守られていたのだ。レイプで訴えなど起こしようものなら、被害者の方が迫害を受けるということが平気でまかり通っていたのである。最近、大学でのセクハラ被害が多くなったのは、それまで大学が隠していたものが、表に出始めただけの話である。しかし、それにしても、白井という人間は、どこまで卑劣なのであろうか。

「この旅行から帰ってから、頼子の様子がおかしくなりました。よく笑う明るい性格だったのですが、笑顔をまったく見せなくなったのです。わたしは、いったい何があったのかを頼子に質しました。しかし、頼子は何も語ってはくれませんでした。そして、ある日、わたしに別れを告げて、大学を辞めてしまったのです」

「それから、しばらくして、頼子の同僚から連絡が入りました。柳井さんです。実は、柳井さんは頼子の親友だったのです。頼子は、柳井さんにすべてを話していました。何と、頼子は妊娠していたのです。どちらの子供か分からないと言って、泣いたそうです。彼女は、黙って堕胎を考えたようなのですが、授かった子供を殺すことができなかったのです。そして、大学を辞め、ひとりで子供を育てる決心をしたのです」

聡は、何という不幸だろうかと思った。実は、最近も、ある有名私立大学で、教授が図書館の司書を妊娠させるという事件が起こった。結局大学は、その事実をもみ消しにした。この教授は、別の大学に移り、いまでも有名教授としてテレビなどにも登場する。その教授はこう言い放ったという。

「あの女だって楽しんだんだ。俺に抱かれたことを名誉と思わなければならないのに、俺をだまして妊娠しやがった。悪党はあっちの方だ」

しかし、その女性は、大学で力のある教授の誘いを断ったら、何をされるか怖かったと証言している。また、何度も避妊してほしいと懇願したが、聞き入れてもらえなかったとも話している。この女性は裁判に訴えると主張したが、大学はいろいろな手を使って、最終的には事件を封印した。聡は、この話を、その大学に勤める友人から聞いて憤慨したことがある。

「わたしは、ショックを受けました。ようやく真相が分かった。それが、この上もない不幸です。そして、頼子が傷つけられたということが頭から離れないのです。白井を殺してやりたいと思いました。しかし、しばらく考えて結論に達しました。わたしは、柳井さんを通して、頼子に結婚を申し込んだのです。たとえ、生まれてくる子供が白井の子供でも構わないと思いました。ふたりで育てればいいのです。子供は、神から授かった恵みです。実は頼子は、結婚するまではといって、わたしとの関係を拒んでいました。彼女の両親は、すでに他界していましたが、わたしの親には彼女を紹介しており、結婚も間近と思っていたので、一度だけ許してくれました。今にして思えば、それが良かったと思っています。ただし、彼女のご両親がいないということで、結納を交わしていなかったのが、いまにして思えば残念でなりません」

聡は、末永さんは何とやさしい人なのだろうかと思った。

「しかし、頼子はわたしのプロポーズを断りました。レイプされた自分がばかだった。このような汚れた女が、あなたと結婚する資格はないと。わたしは、柳井さんを通して、何度も頼子に面会をたのみましたが、聞き入れてくれませんでした。それでも、わたしは諦めませんでした」

「その後も、柳井さんに何度も頼子にあわせてほしいと頼みました。しかし、頼子の精神状態が不安定で、末永さんに会わせられる状態ではないと断られてしまいました。頼子は、レイプされたという衝撃と、出産への不安から、精神的に相当参っていたようなのです」

「いよいよ出産が近づいたある日、柳井さんから電話で連絡が入りました。頼子が危篤だというのです。わたしは、あわてて病院に向かいました。病院では、柳井さんが待っていてくれて、わたしの顔を見ると泣くじゃくりました。頼子は、女の子を出産した直後に、亡くなってしまったのです。かなり衰弱していたようです」

なんと不幸な人生なのだろうか。そして、ここにも、あの白井がからんでいる。聡には許せなかった。

「わたしは、生まれた子を引き取りたいと申し出ましたが、柳井さんは、ある考えがあるからと、それを断りました。生まれた子には、佐々木祥子と名づけました。わたしの名前は祥輔です。その字をとったのです。せめてもの抵抗です」

「しかし、柳井さんは、なぜ末永さんの申し出を断ったのでしょうか」

「実は、柳井さんは、祥子があなたの子供であると白井に告げていたのです。不幸なことに、白井とわたしの血液型は同じA型です。どちらの子供かは分かりませんでした。今ならば、DNA検査がありますが、当時はありませんでした。柳井さんは、逆に、それを利用したのです」

柳井さんは、白井に頼子の死と、祥子の誕生を告げ、責任をとるように迫ったらしい。白井は、最初はしらをきろうとしたが、柳井さんのすべてを公にして裁判で戦ってもいいという言葉に負けて、しぶしぶ祥子さんの養育費を払うことに同意したという。

柳井さんは、自分の子のように祥子を育てた。白井は、俺の金をだましとるために祥子を引き取ったのだろうと、何度も柳井さんをなじったらしいが、柳井さんは意に介さずに、もし訴えたいのならいつでもどうぞと言って、堂々としていたらしい。末永も、養育費を払っていたという。祥子が、父親がいないにもかかわらず、比較的裕福な暮らしができたのは、実質的に、ふたりの養父がいたおかげである。

　末永にとって、祥子の成長を見守るのが、人生の生きがいになった。柳井さんは、末永に結婚を勧めたそうだが、そんな気はまったく起きなかったらしい。ついに、いままで独身を通している。

　不思議なことに、最初は、生まれてきた子を厄病神のように思っていた白井も、祥子が成長するにつれて、可愛いがるようになった。正妻の子供がふたりとも男であったうえ、自分にまったく懐かないのに嫌気がさしていたらしい。それに対して、白井とは似ても似つかない美しい少女に育っていく祥子にすべての愛情を注ぐようになっていったのだ。ただし、柳井さんは、白井に対しては、絶対に父とは名乗らないようにと厳しく申し渡していた。

　しかし、柳井さんは、どうして結婚をせずに祥子を育てたのであろうか。もちろん、不幸な親友に同情し、その子供を引き取って育てたいという気持ちは強かったかもしれない。ただし、理由は、これだけではなかったのである。実は、柳井さんには、思いを寄せる男性がいたのだ。ところが、彼はすでに結婚していた。その生活を壊すことなど、柳井さんには考えられないことだった。ただし、その男性への思いは、常に変わることはなく、他の男性との結婚など考えられなかったのだという。

　そして、その男性は不慮の死を遂げた。それも、汚名を着せられたままである。彼女にとっては、身を切られるほどつらい出来事だったに違いない。そう、柳井さんが思い続けた男性とは山下教授であったのだ。聡は、板倉から、柳井さんが白井につくしているという噂話を聞いたときには、どうしてもつりあいがとれないと思っていたが、末永の話を聞いて納得した。

佐々木さんは、白井のコネで東都大学に就職し、いまに至っている。そして、幸いなことに末永さんのもとで働いている。佐々木さんも「やさしい末永おじさんのもとで働けるなんて幸せです」といってくれたそうだ。白井も、何かにつけて用事をつくって、佐々木さんを自分のもとに来るように仕向けているらしい。いまだに、誕生日には豪勢なプレゼントを贈り、ちょっとした足長おじさんを気取っているという。

しかし聡には分かっていた。佐々木さんは、間違いなく末永さんの子供だ。これまでは気づかなかったが、佐々木さんの面影は末永さんにそっくりなのだ。あのやさしい性格も、末永さんのものを受け継いだに違いない。少しでも、佐々木さんを白井のスパイではないかと疑った自分を恥じた。

「実は、わたしには悔いても悔やみきれないことがあります。それは、山下先生を日本に連れ戻したことです」

「えっ、何ですって」

「実は、東都大学で新しい研究所ができ、それに巨額の予算がつくということを知りました。それには、ある評判の悪い局長がからんでいたのです。そして、大学では東郷と白井が画策していました。わたしは、彼らの計画通りにことが運べば日本の大学はだめになると思い、仲間と語らって、ある上司に相談したのです。彼も、この局長のやり方には不満をもっていたようで、わたしたちの説得に乗ってくれました。文化省にも、日本の将来を考える役人はいるのです。そこで、わたしが山下先生に直談判することになったのです。先生は、最初は固辞しました。わたしは、先生が昔、わたしに語ってくれた理想の大学をめざそうと説得しました。最後には、先生も折れてくれたのです。それが、あんなことになるなんて」

ここで、末永はつらそうに、目に涙を浮かべた。

「わたしの責任です。わたしが、余計なことをしなければ、山下先生は、あんな目にはあわなかったのです」

聡は、板倉の話を思い出した。山下先生は、東都大学からの誘いを断ったが、熱心に文化省からの働きかけがあったので、最後には承諾したという。その交渉役が末永だったのだ。そのおかげで、自分もえりと分かれることになったと思うと複雑な気持ちであった。

「山下先生の事件によって、わたしの上司も閑職に追いやられました。不正を働いた悪党がのうのうと生き延び、正義を追及したものたちが追われてしまう。世の中は皮肉なものです。わたしも、本省を追われ、大学の事務員になりました。明らかな左遷でした。白井たちは、監視の意味で、わたしを自分たちのもとに引き取ったのです。しかし、この左遷はわたしにとっては好都合でした。同志の柳井さんがいたうえ、自分の娘とも一緒になれたのですから」

あれっと、聡は思った。いま、末永さんは、はっきり自分の娘と言った。それに気づいたのか、末

永は
「今は確信しています。祥子はわたしの娘です。決して、白井の娘ではありません」

と言った。

「実は、わたしと柳井さんは協力して、白井の悪事の証拠を集めていたのです。なかなか決定的なものはありませんが、柳井さんの協力もあって、かなりのものは集めています。白井は、小さい金にも汚く、架空の出張や伝票で、かなりごまかしているようです。最初は、わたしを警戒していた白井でしたが、わたしの演技もあって、いまでは完全に自分の言うことは何でも聞くイエスマンと思っています。そこに、油断があるのです」

聡は、驚いた。ここにもレジスタンス戦士がいたのだ。板倉は、この動きに気づいていなかったのだろうか。

「末永さんは、板倉先生も白井たちの悪事をあばこうとしていたことに気づかなかったのですか」

「もちろん、気づいていました。えりちゃんが板倉先生の紹介で、事務室に来た時には、驚きました。忘れもしない山下先生のお子さんですからね。変装はしていても、すぐに気づきましたよ」

それを聞いて、聡は自分を恥じた。自分は、えりだとは気づかなかったのだ。

「でも、わたしは気づかないふりをしていました。えりちゃんは、わたしが、山下先生の家によく出入りしていたものだと気づいたと思いますが、もちろん、その事にはふれてきませんでした。

それで、何かあるとふんだのです。それでも、えりちゃんのことは、気づかれないようにお守りしてきたつもりです」

「柳井さんも、その事に気づいていたのでしょうか」

「もちろんです。自分が愛したひとの大切なお子さんです。気づかないはずがありません。わたしと柳井さんは、ふたりで相談しながら、えりちゃんを白井に悟られないように注意してきました」

「でも、わたしと長谷川さんが元恋人だとどうして気づいたのですか」

「山下先生が帰国されてから、わたしは頻繁に山下家を訪れました。その時、えりちゃんにボーイフレンドが居るということを聞きました。山下先生は、それが不愉快だったようですが、奥さんは、応援していたようです」

「そうですか。それでも、なぜわたしと気づかれたのですか」

「吉野先生に対するえりちゃんの態度を見ていれば、彼女が特別な感情を抱いているということは分かりますよ。それに決定的だったのは、先生を彼女が吉野さんと呼んでいたことです。彼女は、決して先生をさんづけで呼ぶことはありません。それが、吉野先生にだけは、そうです。何か特別な感情があるとしか思えません。そして、昔、えりちゃんから、ボーイフレンドの名前が吉野と聞いたことを思い出したのです」

そうだったのか。気づいていなかったのは、自分だけか。聡は、自分の不明を恥じた。そして、聡は、もうひとつの重要なことに気づいた。野球の巨人だ。

聡は、えりに、将来は野球選手になりたいと言っていた。その頃、聡は巨人の大ファンで、アメリカに届くニュースをいつも待ち構えていた。そして、いつのまにか、えりも大の巨人ファンになっていた。巨人が勝った次の日は、ふたりでよくバンザイをした。えりは、いまだに巨人ファンだったのだ。聡は、えりのことが気になった。

「確か、長谷川さんが急に辞めたと言われていましたが、あれは、どういうことなのでしょうか」

「ええ、実は、板倉先生から、えりちゃんに連絡が入って、それから、すぐに相談がありました。わたしも緊急なことと思い、本部には、派遣会社の都合で急にやめることになったと伝えたのです。それ以上のことは、わたしにも分かりません」

「それでは、長谷川さんの連絡先は分かりませんね」

あきらめ顔でこういうと、意外なことに
「いえ、連絡先は分かります」

という答えが返ってきた。

「ただし、しばらくは連絡がとれないと思います。緊急事態と言っていましたから。でも、心配しないで下さい。必ず、えりちゃんにあえますよ」

緊急事態とはいったい何なのだろうか。

「今回は、白井一派にばれたわけではないので、それほど、心配は要らないと思います。ただ、用心は必要です」

しかしそれならば、えりはどこに行ったのだろうか。そして板倉は、あそこまで真実を伝えながら、なぜ、自分にそのことを伝えなかったのであろうか。

「ところで、末永さんは、山下メモのことは、ご存知ですか」

「ええ、聞いたことはあります。山下先生が東郷たちの悪事の証拠を書いたメモが残っていると聞いて、それとなく調べたことがあります。しかし、そのありかは、結局、分かりませんでした。実は、研究所の会計処理については、わたしも不審に思い、省内の資料を調べてみたのですが、残念ながら、伝票類はすべて廃棄されていました」

「廃棄ですか」

「そうです。すべて消えていました」

「しかし、それは問題にならないのですか」

「役所の管理はずさんですからね。伝票が無くなるのは日常茶飯事です。表ざたになっても、形式的な始末書を書けば、終わりです。誰も責任を取りません」

聡は、民間企業では考えられないことだと思った。

「もちろん、意図的に廃棄したものなのでしょうが、くやしいながら、証拠はありません。そして、役人が不正を働こうと思っていたら、最初から、そんな伝票を用意しない場合もあります」

そうか、それならば、山下は、どのようにして証拠を集めたのであろうか。聡は疑問に思った。

「吉野先生、今夜、先生にこのような話をしたのは、板倉先生があのような目にあわれたからです。われわれにも、白井一派の罠であることはすぐに分かりました。しかし、今回の手は、なりふり構わぬやり方です。これは、板倉先生が何か、彼らの痛いところをついたからだと思いました。板倉先生とえりちゃんは、ふたりだけで戦ってきました。でも、それでは多勢に無勢です。われわれが味方であるということを、できるだけ早くお伝えしたかったのです」

聡は、板倉が山下事件を追っている記者の山田と会った直後に、今回の事件に巻き込まれたことを末永に説明した。

「そういうことだったんですか。でも、それは少し変ですね」

「どうしてですか」

「その記者と会ったことが原因ならば、あまりにも対応が早すぎるということです。板倉先生は気づいていないことが他にあるのではないですか」

確かに末永の言うとおりだ。聡は、記者に会ったことが、はめられた原因とばかり思っていたが、他に何かあるのだろうか。

「末永さん、今日は、本当にありがとうございます。何とか、板倉先生と連絡をとって、このことを伝えます」

すると、末永は
「それと、吉野先生、祥子に好意を持っていただいてありがとうございます」

えっと聡が驚いていると、末永は
「そんなことは、先生の態度を見ていれば気づきますよ。きっと長谷川さんも気づいていたはずです」

聡は狼狽した。

「祥子も、その気持ちはありがたかったはずです。明らかに吉野先生に好意を抱いていたようですから」

「えっ、そうなんですか」

聡は驚いた。

「でも、親として、娘は不幸にしたくありません。吉野先生が、最後に選ぶのはえりちゃんです。それが分かっていました。そこで、柳井さんに話をして、吉野先生には、他に好意を寄せている女性が居ると祥子に伝えてもらいました」

聡には、何も返す言葉がなかった。そして、思った。どうしてもえりに会わなければならないと。

17 約束

板倉と連絡がとれたのは二日後だった。記者の山田のことが心配で、連絡を緊密にとっていたという。今回の件では、警察やマスコミも信用できない。しかし、記者の山田には、いまのところ、何の圧力もかかっていないという。ターゲットは、どうやら板倉ひとりらしい。聡は、板倉とファミリーレストランで待ち合わせた。人目につく場所の方が安心というのが板倉の考えであった。

末永が実はわれわれの味方だったという話をすると、板倉はやはりそうだったかと言った。何だ、気づいていたのかと、少し肩すかしをくったような気になった。しかし、板倉は
「いや、うすうすはそう感じていたが、確信は持てなかった」

と言った。さらに、佐々木さんの話には本当に驚いたようであった。そういう話ならば納得できると、聡と同じような感想をもらした。

「ただ、この話を聞いていちばん喜ぶのは、加治君かもしれないな」

とも言った。

いったいどういうことだろうかと思ったが、板倉は、聡の疑問には答えず、そのまま続けた。

「それから、柳井さんがこちらの味方と聞いて安心したよ。白井の仲間だったら、俺は神を呪うよ。それと、末永さんが、山下先生とそんなに親密な仲だったとは俺も知らなかった」

と述懐した。山下シンパは意外と多いのかもしれない。それにしても、本当に白井は人間のくずだとも語った。どれだけのひとを不幸にしているのか。

ここで、聡は大事な話をした。末永の指摘で、記者の山田と会ったことが、板倉を罠にはめた理由ではなく、他に理由があるのではないかという指摘だ。すると、板倉は
「実は、俺も、同じことを考えていた。山田と会った直後だったので、最初は、それが原因とばかり思っていたが、どうもタイミングが良すぎる」

「それでは、何か心当たりがあるんですか」

「実は、この一ヶ月ほど、ハンドルネームを使って、ネットで情報収集をしていたんだ。それが、たぶん、白井一派にばれていたんだろう」

「インターネットですか」

「ああ、いろいろなチャットやサイトに入り込んで、東都大学のスキャンダルと題して、山下事件が陰謀だったことを匂わすスレッドを何個も立ち上げた」

「それは、白井たちを刺激しそうですね。それで、何か反応はあったんですか」

「うん、大部分は東郷らをかばうもので、そんな陰謀は無かったというものだったが、何人かからは陰謀は本当だったというコメントもあった。しかし、めぼしい情報はなかった」

「そうですか。それでは、あまり意味がないですね」

「それが違うんだ。二週間ほどまえに、山下先生を襲った犯人は、実は誰かに依頼されて凶行に及んだという事実をばらしたら、急にアクセス数が増えた。この事件のことをかなり突っ込んで調べた記者が書いたような文章もあった」

「それはすごいですね」

「ああ、新聞や週刊誌の記者の中には、東郷らの陰謀をかなりの部分まであばいたものも多かったようだが、上層部から記事を握りつぶされてしまったようだ。だから、義憤に駆られた記者も多い。そして、そのはけ口がインターネットというわけだ」

いまでも、政治家や高級官僚のスキャンダルに関する記事は、ほとんどが握りつぶされる。これは、マスコミの上層部が腐っているからである。もちろん、彼らのスキャンダルを握って、それをうまく利用しようという人間もいるが、むしろ、政界、官界、財界、マスコミが、すべて汚染されているために、互いをかばいあっているという面もある。警察も検察も裏金づくりに奔走している。その実態をマスコミに公表しようとした検事が、無理矢理、罪をでっちあげられて、放送局に足を踏み入れる直前に逮捕されたのは記憶に新しい。しかし、その逮捕を演出したのは、その放送局の上層部である。現場を平気で裏切ったのだ。

マスコミは

「社会的に重要な人物の微罪を糾弾することは、むしろ社会にはマイナスである」

などと、都合のいい理由を挙げるが、要は、同じ穴の狢《むじな》というわけである。日本経営新聞の会長が逮捕されて、実は、新聞社とは名ばかりで、会社ぐるみで業界に巣食うハイエナだったことが明るみに出た。

政治家の悪行に関しては、枚挙にいとまがない。警察幹部が、もし、まともに法律を適用したら、政治家全員を逮捕しなければならないと発言して物議をかもしたことがあったが、あながち間違った話ではない。しかも、その警察でさえも、かたっぱしから税金をくすねているのだから話にならない。それどころか、内部告発した人間を、新聞社を使って罪に陥れようとするのだから、どうしようもない。

昔ならば、すべて隠蔽されてきたが、いまはインターネットがある。ネットには、ガセネタも多いが、新聞記事に出ているものよりも、真実に近い内容が書かれていることも多い。要は使い方次第なのだ。

「しかし、山田さんが言っていた山下メモは本当にあるのでしょうか。となれば、白井一派には相当な打撃でしょうね」

「そうとも言えないんだ。メモが出ただけでは、そんなものは偽物だと言われれば、終わりだからね。その内容が正しいということを証明する必要がある」

「内容の証明ですか。それは大変そうですね。末永さんは、役所はすこしでもやばいとなると、勝手に伝票を始末してしまうと言ってました」

「役所は何でもありだからね。でも、あいつらは抜けてるから、その廃棄もずさんなところがある。かつて健康省で、ある大臣が、ないはずのメモを探させたら、ごっそり出てきたことを覚えているだろう。お役所仕事と言うが、自分たちに不利な資料を捨てることにも、お役所仕事だったんだから笑い話だよ」

「ただ、不思議なことは山下先生が自信を持って、東郷らを糾弾しようとしたことなんだ。マスコミを呼んだくらいだから、かなり決定的な証拠を持っていたはずだ。それが、何だか分からない」

「研究所の会計担当者から見せられた帳簿でしょうか」

「いや、それはだめだな。たぶん、山下先生がそれをチェックしたことはばれているから、すべて改ざんされているだろう」

「いずれにしても、板倉先生がネットで白井一派の悪事をあばこうとしたことが、彼らの何かを刺激したことは確かですね」

「ああ、それにしても、対応が早かったな。研究には頭が回らないが、悪事には知恵が働くということだろう」

「ところで、先生、えりはいまどこにいるのでしょうか。実は、学校の事務はもう辞めてしまって、行方が分からないのです」

「実は、ネットでえりちゃんの正体さがしがはじまっちゃったんだよ。俺がうかつだった。山下先生の事件を話題にすれば、当然、えりちゃんがどこにいるかも話題になる。そして、彼女が大学卒業後に、ある外資系金融機関に入社した後、数年で退社して、その後の消息が不明ということが分かってしまった。そしておととい、元同僚から、山下えりは現在、長谷川恵理と名乗っているという情報がネットのある掲示板に寄せられた。俺はあわてたね。もちろん、彼女の正体が白井側にばれたからといって、すぐに危害を加えられることはないだろう。ただし、俺へ仕掛けた罠を考えれば安全とは言えない。すぐに電話で連絡をとって、しばらく姿を隠すように連絡した」

「ということは、板倉先生にも、いまのえりの居場所は分からないのですか」

「いくつか心当たりはあるが、こちらから探さない方がいいと思っている。いずれ、出てくるはずだ」

聡は、本当にそうだろうかと思った。もしかしたら、えりとはもう二度と会えないのではないだろうか。

「しかし、山下先生がつかんだ証拠とは、いったい何だったのでしょうか」

「それが分かれば、こちらにも活路が見出せるんだが」

板倉は、考え込んでいた。

「いずれ、俺はしばらく謹慎の身だ。学校には行けない。ただし、聡はちゃんと仕事をこなしてくれ。もし、欠勤などしたら、それこそ、相手に格好の口実を与えることになる。末永さんには、わたしから連絡するので、学校では変なことは口にしないように」

と釘を刺された。

聡は板倉と別れて、学校に向かった。事務には佐々木さんと末永さんしか居なかった。あらためて親子としてみてみると、ふたりはよく似ている。佐々木さんのやさしい面差しは、末永さんから受け継いだものだ。しかし、佐々木さんは末永さんが自分の父親とは知らない。それは、いいことなのだろうか。

佐々木さんは、少しよそよそしかった。柳井さんから、聡には決まった人がいると聞いたせいかもしれない。それでも、ていねいに事務連絡をしてくれた。聡が、末永さんに無言であいさつすると、末永さんも分かったというように、うなずいてくれた。板倉先生から、すでに連絡があったのかもしれない。

研究室に行き、書きかけの論文に取り組んだが、ほとんど進まなかった。山下メモのことと、えりのことが気になってしようがない。午後から、指導している大学院生がふたりほど研究の進捗状況を報告に来た。その間は、研究内容の討論に集中することができた。予想以上にいい結果が得られている。学生はなかなか優秀なのに、なぜ、この大学はだめなのだろうかとふと思った。しかし、学生がいなくなると、再び、山下メモとえりのことで頭がいっぱいになった。

それにしても、えりは、どこに行ったのであろうか。板倉は、安全な場所に隠れているといったが本当だろうか。いくら変装していたとは言え、長谷川がえりということに気づかなかったのは情けない話だった。今にして思えば、えりそのものではないか。自分が一生大切にしようと思っていた女性に振られたというトラウマはあったものの、許されるものではない。しかも、えりは、このうえもない不幸に出会っていたのだ。それを慰めるべきは聡であったのに。

聡は、十五年前にえりと過ごした中学校時代のことを思い出した。

「そろそろえりの誕生日だね。プレゼントは何がいい」

「何もいらないわ。こうしてふたりで居られるだけで十分。思い出がいいプレゼントなんだもん」

「だったら、おいしい食事をごちそうするよ」

「吉野さん、まだ中学生なんだから、無理しなくてもいいよ。わたしはマクドナルドで十分」

「そうか、えりの誕生日は、お父さんとお母さんが家で盛大に祝ってくれるんだね」

「うん、たぶんそう。毎年、父のお友達が、たくさんのギフトを持って集まってくれるの。そうだ、吉野さんも来る？　招待するわ」

「いや、それは遠慮しておこう」

断ると、えりはちょっとさびしそうな顔になった。実は、えりのお父さんは、ふたりの交際には反対らしいのだ。聡は、いつかは、えりのお父さんに認められるような人間になって、堂々とえりを迎えにいくと誓っていた。それまでは、会えない。

「そのかわり、お昼にフライドチキンはどう」

「それはいいわね。そう言えば、日本に居た頃、父は毎年、わたしの誕生日に赤坂にあるホテルの最上階のレストランに連れて行ってくれたのよ」

「へえ、すごいね。きっと、そのレストランって高いんだろう」

「もちろんよ。でも、えりが喜ぶなら安いもんだって父が言ってくれていたの。あのすばらしい夜景は、いまでも忘れない。とても楽しみだったわ」

「そうか、それじゃ、僕じゃ無理か」

「そんなことはないわ。吉野さんが偉くなれば、そんなレストラン貸し切ることだってできるわよ」

「よし、それなら、約束しよう。十五年後のえりの誕生日に、僕がそのホテルの最上階のレストランに連れて行くって。十五年後だったら、僕もどこかに勤めているだろうからね」

聡は、心の中で、その頃、えりと結婚していればいいなと思った。でも、えりはどう思っているのだろうか。

「本当？　うれしいわ。だけど、期待しないで待っている。わたしにはテイラー＆テイラーで十分よ」

えりは、ダウンタウンにある大衆向けのステーキハウスのことを言った。

「いや、絶対約束するよ。After fifteen years!」

聡は、ふと思った。えりの誕生日は七月四日だ。今日じゃないか。アメリカの独立記念日と同じだねとふたりで笑いあったことを覚えている。

聡は、そんなばかなとは思った。しかし、今日は、あれから十五年目のえりの誕生日だ。もしかしたら。待ち合わせ時間は、確か午後七時。それは、えりの門限だった。中学生だったえりの門限。いつも、ふたりで厳しいねといっていた。そして、えりは、私たちが大人になったら、午後七時は別れの時間ではなくて、待ち合わせの時間にしましょうと言っていた。

聡は、時計を見た。もう午後の六時だ。たぶん、空振りだろう。えりが、そんな事を覚えているはずがない。でも、行ってみる価値は十分ある。

気づくと、聡は、もよりの地下鉄の駅まで走っていた。ふと財布が心配になる。そんなことを気にしている場合ではないのに。クレジットカードがあることを確かめて、めざすホテルに向かった。

きっと、あのホテルだ。赤坂ロイヤルホテル。ラフな格好が少し気になったが、しようがない。ホテルのロビーに着くと、最上階のレストランに行くエレベータを聞いた。するとベルキャプテンは、聡の格好を見てこう言った。

「あの、お客様は、ご予約の方でしょうか。レストランは盛装となっていますが」

すると、聡は、こう応えた。

「ええ、もちろん予約しています。午後七時に。いまから十五年前に予約ずみです」

ベルキャプテンはあっけにとられていたが、聡はそれを無視して、レストラン直通のエレベータに乗った。

最上階で降りると、そこは別世界であった。大きな窓が開けており、そこから東京の街並みが一望に見渡せる。壁には、おそらく有名な画家のものだろう大きな絵画がいくつも飾られている。聡は、ロビーの豪華さに気後れしたが、レストランまで急いだ。外の待合せ用のスペースには、誰も居なかった。時間は午後七時を少し回っている。やはり、えりは来なかったのか。念のため、中を覗いてみた。カウンターの横に待ち合わせ用のスペースがあったが、そこにも誰も居なかった。聡は、すこしがっかりしたが、十五年前の約束を覚えている方がどうかしている。あきらめて帰りかけたとき、盛装した男性が現れた。これはまずいと思って、エレベータに戻ろうとした。その時

「お客様、ちょっとお待ちください」

と呼び止められた。聡は、予約もなしに、勝手にここまで来たことを詫びようと思った。すると
「ご予約の吉野聡様でしょうか」

と聞くではないか。これはいったいどうしたことだろう。意味が分からずに、そのまま呆然としていると、

「申し訳ありません。当レストランは、上着の着用が義務づけられております。ただいま、係のものが、ジャケットをお持ちしますので、着用いただけますか」

と言う。言われるままに上着を着て、中に案内された。ふと見ると、窓際のテーブルに、黒いドレスを着た女性が座っている。支配人は
「お連れ様がお待ちです」

と言って、そのテーブルまで聡を案内した。その女性は、にこっと微笑んで、立ち上がり聡を迎えた。

「吉野さん、五分の遅刻ですよ」

「えり！」

聡は絶句した。そこには、長谷川ではなく、えりが居た。髪を長くし、めがねをはずしたその顔は、まぎれもなく、聡が恋焦がれたえりであった。係りのものは、えりに向かって
「よかったですね。お待ちの方が来られて」

と言うと、メニューを置いて去っていった。

「よかったわ。約束を覚えておいてくれて。もし、吉野さんが来なかったら、わたしは、ひとりで誕生日をお祝いしなければいけなかったところなのよ」

聡は、なぜか涙を止めることができなかった。

「えり、ひどいじゃないか。僕をだますなんて」

「ひどいのは吉野さんでしょ。わたしのことに気づかないなんて、どれだけ傷ついたか」

聡は、えりの手を握った。この手は、どれだけ苦労してきたのだろうか。あらためて、えりを見た。アメリカで別れたころは、まだ幼さが残っていたが、いまでは立派な女性であった。とてもきれいだ。聡は、そう思った。だけど、板倉は、えりは変装するために髪を切ったと言っていたが、いまは、肩まで伸ばしている。

「普段は、髪の毛をどうしていたんだい」

「ええ、最初は短くしてかつらをつけていたんだけど、吉野さんに会えると分かってからは、伸ばしだしたの。普段は、丸めてピンでしっかり留めていたんだけど、今日は久しぶりのロングヘア。昔に戻ってね」

「でも、ひとって、化粧とめがねでずいぶん印象が変わるんだね」

えりにはサザエさん頭は似合わない。聡はしみじみ思った。

「それは言い訳。どうせ、わたしはひねくれ者ですからね」

聡は、長谷川、いや、えりが佐々木さんに意地悪をしていると思って、思わず口走った失言を思い出した。やはり、えりは気にしていたのか。

「えり、もう許してくれよ。俺だって、ずいぶん悩んだんだ。まさか、あんなかたちで、えりに再会するとは思ってもいなかったし、それに、女性には、少々恐怖症になっていたからね」

「あら、その割には、佐々木さんはすぐに気に入ったようね」

やはり、えりには気づかれていたか。うまい言葉が思いつかずに黙っていると

「でも、いいわ。今日を覚えていてくれたんですもの。それだけで、十分です」

と言ってくれた。

いつのまにか、窓の外は、きれいな夜景に変わっていた。東京のイルミネーションがはるか遠くまで続いている。

「それじゃ、乾杯しようか」

「そうね。お願いします」

聡は、店でいちばん高いワインを注文した。びっくりするような値段が書いてあったが、そんなことはどうでも良かった。今日は、特別の記念日なのだから。

18　再会

失われた十五年を取り戻すように、ふたりは話し続けた。

「実は、吉野さんが成田に来た時、私は空港まで行っていたの」

「なんだって！　なんで声をかけてくれなかったんだ。僕も、えりがもしかしたら来ているんじゃないかと期待して、ずいぶんと探したんだ」

「見てたわ。吉野さんきょろきょろしてた」

「そんなあ」

「母は反対したの。迷惑をかけるからって。でも、どうしても吉野さんの顔を見たくて、柱のかげから見ていたのよ」

「ひどいじゃないか」

「だって、私は世間に言わせると極悪人の娘よ。とても会える立場ではなかったわ」

「僕は、えりの家まで行ったんだよ」

「それも、知ってる。わたしも後をつけていったから。何度、声をかけようかと思ったか。でもね、マスコミが結構、わたしと母を追いかけていたの。吉野さんと居るところを見つけられたら、大変なことになっていたわ。あの連中は血も涙もない本当にひどいやつらよ」

それから、しばらくふたりは、分かれてからいままでのことを話した。聡は、えりのことが忘れられなくて、一度も女性とつきあったことのないことを話した。日本に帰ってきてからも一生懸命にえりを探したこと。そして、せっかく入った日本の大学に嫌気がさして、再びアメリカにもどって、オーランド大学に入り直したことなどを話した。もし、えりの居場所が分かっていたら、ずっと日本にいたかもしれない。

えりは、世間から非難されて過ごさなければならなかった日々のことや、母がいかに苦労したかを話した。そして、母の死がどれだけショックだったか。えりの母は、夫の名誉を回復することなく逝ってしまったのだ。えりは、資格をとるために、アルバイトをしながら勉学にはげんだことを話した。大学生活を楽しむなどということは、まったく無縁であったという。聡は、怒りに震えた。

「板倉先生がえりにプロポーズしたんだろ？」

「ええ、板倉先生は、母とわたしのことをすごく心配してくれて、いつも気にかけて下さったの。母も、すごく感謝していたわ。でも、板倉先生と結婚するなんて、とても考えられなかった。だって、わたしの中には、いつでも吉野さんが居たんだから」

「だったら、なぜ、連絡をくれなかったんだ。僕は、必ず、えりの味方になっていたはずなのに」

「わたしも、そう思っていたわ。でも、敵はわたしの父を葬ったのよ。そんな怖い相手との戦いに、吉野さんを巻き込むことはできない。だから、決着をつけるまでは、絶対に連絡するつもりはなかった」

「そうか。でも、いまからは一緒に戦おう。どうせ、僕もこれだけ巻き込まれたんだから」

「その点は、すごく後悔しているの。吉野さんには研究に専念してほしかった」

「何をみずくさいこと言ってるんだ。研究に専念できる環境を整えるためにも、戦う必要があるんじゃないか」

いつしか、話は、白井一派にどうやって立ち向かっていくかに移っていった。すると、聡をレストランに案内してくれた支配人がテーブルまで、やってきた。

「山下先生のお嬢様ですね。誕生日おめでとうございます」

といって、花束を差し出した。えりも聡も、びっくりした。なぜ、この人は、そんなことを知っているのだろうか。聡は、少し警戒心をいだいた。いまは、誰にも気を許してはいけない。

「なぜ、お分かりになりましたの」

「当レストランは、山下先生にはずいぶんとごひいきにしていただきました。また、プライベートでもお嬢様の誕生日は毎年来ていただきました。忘れるはずがございません」

えりには、このレストランに、父が頻繁に訪れていたということは初耳だった。

「山下先生は、海外からの賓客があれば、必ず、私どもの店を選んでいただいていたんです。アメリカに渡られたあとも、帰国するたびにお寄りいただきました」

「そうだったんですか。わたしは子供でしたから、そんなことは知りませんでした」

「山下先生は、とてもおやさしく、この店にとっては、本当の上客でした」

聡は、ふと思った。このひとは、あの事件のことを覚えているのだろうか。

「あれは、わたしがまだ新米の時です。山下先生が文化省の方と、海外からのお客様を連れて食事に来ていただいた時のことです。わたしが、海外のお客様のオーダーを間違えてしまったのです。ちょっと、英語が聞き取りにくく、わたしが早とちりしてしまったのが原因でした。文化省の役人は、かんかんになって「なんと失礼なレストランなんだ」と怒りましたが、山下先生は「誰にも間違いはある」と言ってとりなしてくれたのです。そして、海外のお客さまに、ある事を言われたおかげで事なきを得たのです」

聡は、山下が、どんなマジックを使ったのだろうかと考えた。

「山下先生は、海外のお客様に"Do in Rome as the Romans do."という諺を知っているかいと訊いたあと、これは、あなたがオーダーしたものだが、実は、日本風にアレンジされてしまっている。

もし、いやだったらアメリカ風にもどしてもらうがどうだろうと言われました。さらに、日本風のままでよければ、この給仕が、ワイングラス一杯サービスすると言ってくれているとも言われました。その方は、当然、日本風アレンジとワイングラスを選ぶと言って下さいました。そしてわたしに、にこっと笑いかけ、"Thank you for your treat."とも言ってくれたのです。本来ならば、料理をすべてつくり直さなければいけないところをワイングラス一杯で済んだのです。わたしは、山下先生に何度もお礼を言いましたが、先生は、そんな気にすることはない。誰にでも間違いはあるし、なによりも、あなたの失敗のおかげで、かえって彼は喜んでくれたといってくれました。そして、あのワイングラス一杯もサービスでなくていいよとも言ってくれたのです。わたしの給料が、それほど高くないことも気にしていただいたのです。本当に感謝しました」

聡は、えりの父親が研究者としても一流だけでなく、人間としても一流であることが分かった。何とウイットに富んだ解決策なのだろうか。できれば、山下にじかにあって話してみたかった。

支配人はさらに、こんな話を披露した。実は、このレストランは、官公庁からも近いため、多くの官僚が利用するのだという。本来は、海外の賓客をもてなすための席なはずなのだが、多くの役人は私的会合に利用して、役所につけをまわしているらしい。役人の中には、この店をおさわりバーと勘違いして、女性のウェートレスのお尻を触って顰蹙を買うものも多いという。ある外国省の役人にいたっては、東南アジアの女性を連れてきて、在留期間の延長を裏で工作してやるから、俺の女になれとせまっていたという。

「わたしたちは、役人どもがいかにひどい連中かというのを、目の当たりにしていましたので、山下先生がマスコミでたたかれた時には、腹が立ちました。あれは、明らかに罠ではないですか。多分、東都大学の良からぬ連中が、文化省の役人と結託して行った猿芝居です。しかも、記事をよく読めば、先生には何の落ち度がないことぐらい分かります。それを、いかにも悪人のように書き立てる。あれから、マスコミがとことんいやになりました。ですから、このレストランは、マスコミ関係者と役人はお断りです」

しかし、そんなことをして経営が成り立つであろうかと聡は思った。山下とこのレストランが、そんなに深い関係とは思いもよらなかった。ところが、給仕は、さらに驚くべき話をしたのである。

「実は、山下先生がお亡くなりになる前の晩に当店に来られたのです」

「父が、この店に来たのですか」

「ええ、先生は、ずいぶんと憔悴しきった顔をされていましたが、それでも、自分の身の潔白は、自分で証明すると言い切っておられました。先生は、研究以外のことで、これだけ頑張ったのは初めてだと笑顔を見せておられました。そして、その甲斐あって、敵の証拠をつかんだと」

聡は、その証拠とはなんだろうかと思った。大学や役所の伝票では、証拠にならない。それにいざとなったら、廃棄してしまうという奥の手がある。

「先生は、ご家族のことをずいぶんと心配されておられました。家族にだけは危害を加えさせない。そのためにも、早く決着をつけたいと」

山下は、敵が相手に対して牙をむくような危険な存在だと察していたのだろうか。

「実は、その時、先生は、わたしにあるものを託していかれたのです」

「えっ、何ですって！」

えりと聡は、同時に叫んでいた。

「先生は、つぎにお嬢様がこの店に来たら、あるものを渡してほしいと依頼されたのです。ただし、わたしからお嬢様に接触してはいけないとも言われました。先生は、その日が娘の誕生日で、わたしと一緒であればいいがとも言われました」

山下先生の、その希望はかなわなかったことになる。

「これが、その品です」

それは、きれいな包装紙に包まれており、ちょっと見ためでは、誕生日の贈り物のように見えた。

「この品をお渡しするのに、これだけ長くかかるとは思いませんでした」

と言って、えりに手渡した。

「実は、次の日に、先生があのような目に逢われ、とてもくやしい思いをしました。あのような極悪非道なことが平然と行われ、その行為をマスコミは礼賛するような報道をしました。許されることではありません。私どもは、先生のご家族にも危害が加えられるのではと、非常に心配しておりました。しかし、先生から、われわれからお嬢様に接触することは避けるように厳命されておりましたので、きょうまで延び延びになってしまいました」

えりが支配人から渡された品物を開けると、一通の手紙と、そして封筒に包まれた資料が出てきた。えりは震える手で、手紙を開封した。

「大好きな恵理へ
恵理が、この手紙を読んでいるということは、パパは、もうこの世にはいないということなんだろうね。そして、このレストランに恵理が居るということは、そばに恵理の好きなひとが居るということだね。もし、恵理がしあわせだったら、もう、この手紙も封筒も捨ててほしい。そして、幸せな暮らしに黙って戻ってほしい。

でも、恵理が、まだ不幸だったら、この手紙を読んでみてほしい。もしかしたら、恵理を救うことができるかもしれない」

ここで、一枚目は終わっていた。えりは、聡に一枚目を手渡した。もちろん、この先も読み進めなければならない。

「恵理とママには、大変な迷惑をかけてしまった。まず、おわびしなければならない。ただ、これだけは信じてほしい。パパは、決してやましいことをした覚えはない。これは、罠だったのだ。

いま思えば、どうして、日本に戻ってきてしまったんだろうと後悔している。あのままアメリカに住んでいたら、一家は幸せに暮らしていただろう。だけど、自分さえ良ければそれでいい、というのは卑怯な考えなのかもしれない。今回のことで、パパは、世の中の醜い部分を見てしまった。もちろん、それに蓋をして見過ごすこともできたが、それができなかった。そのため、ふたりに大きな迷惑をかけることになってしまった。残念でならない。

パパは、新しい研究所を立ち上げるために、日本に戻ってきた。この研究所をつくろうとする人たちは、みな理想の研究所にしようと燃えていたんだ。ただし、世の中には、自分の利益のためだけに、あらゆるものを利用しようとする人間も居る。この研究所も、そういう人間に利用されようとしていた。

そのひとりが文化省の平岩泰三という役人で、やつと結託した東都大学の東郷平蔵と白井大介だ。この研究所の設立には三百億円もの予算が計上されている。三人は、この予算で私腹を肥やそうとしていたのだ」

ここまで、読んできて聡はえりと目を見合わせた。平岩泰三は、文教族のドンと呼ばれる民自党の現国会議員で、経済大臣や文化大臣を歴任している。今は、外国省の大臣で、いずれは総理大臣かという声もあるほどだ。こんな大物が裏で糸を引いていたのだ。

「三人の手口は簡単だ。自分たちの子飼いの企業を幹事として指名し、企業へ流す金の上前をはねる。そして、この幹事企業からキックバックさせる。簡単な手口だが、それだけに、そのからくりをあばくのは難しい。

　そこで、わたしが目をつけたのが、受注企業の帳簿だった。これら企業には、わたしが面倒をみた卒業生もいる。そして、発注側と受注側の会計簿を丹念に調べていった。そして、ついに、やつらの懐に十数億円もの金が流れていることをつかんだ。その証拠が、封筒の中にある。帳簿や伝票では見にくいので、分かりやすいように表にしてある」

　聡は、納得がいった。いくら文化省をつついても、何も出てこない。矛盾が出てきてもいくらでもごまかせる。ところが民間企業の帳簿はそうはいかない。粉飾が見つかれば、法律で罰せられるからである。

「わたしは、このからくりをマスコミの前でばらす覚悟でいる。ところが、東郷たちから脅しを受けた。いらぬことは口外するなという警告だ。そして、もしわたしが彼らの仲間に入るならば、五千万円出すとも言ってきた。当然、わたしは断った。すると、彼らは、身の安全は保証しないと言ってきた。先手必勝とばかりに、わたしは、マスコミに明日重大な発表をすると宣言した。それまで何事もないことを願っている。

　最後に、もしわたしの身に何か起こったら、ママのことをよろしく頼む。そして、この手紙は、すぐには公表しない方がいい。誰か信用できるひとに相談してほしい。もし、いま隣りに座っているひとが本当に信頼できるならば、ふたりで、この封筒の使い方を考えてほしい。
パパはいつでも恵理の幸せを祈っている」

聡は驚いた。多くのひとが探している山下メモが出てきたのだ。えりも本当に驚いているようだった。しかし、口を出たのは意外な言葉だった。

「えりの本名は恵理なのかい」

「吉野さん、何をのんきなことを言ってるの。それどころじゃないでしょう」

「いや、僕は、ずっとえりの本名は山下えりと思っていたからね。漢字で恵理と書くとは思わなかった」

「ええ、そうよ。アメリカに居た時は、みんなから日本語で名前を書けと言われるけど、漢字じゃ難しすぎるでしょう。だから、ひらがなのえりにしていたの」

「そうか。でも、いままで本当の名前を知らなかったなんて、なんだかさびしいな」

「そんなことよりも、この封筒よ。どうする？」

「そうだな。とりあえず板倉先生に相談しよう」

「そうね。それが名案かもしれない」

「それじゃ、せっかくの誕生日だけど、お祝いはあらためてということで、これから作戦会議といこう」

「うん、分かった」

聡が、板倉の携帯に連絡すると、すぐに板倉が出た。事情を説明すると、板倉は、こちらのホテルに向かうので、ふたりは、それまで食事を楽しんでいるようにという指示だった。いきな計らいである。

それから一時間ほどして、板倉はレストランに現れた。

「ちょっと、ふたりの仲を見ていると、妬けてくるが、聡という真打登場じゃ、しようがない」

とふたりをからかった。

その後、三人は、近くのカラオケボックスに入って作戦を練ることにした。山下メモを見た板倉は興奮している様子だった。

「さすがに、山下先生だ。よく、ここまで調べている。これが、文化省から出た帳簿だけだったら、いくらでも言い逃れができるが、ここには、複数の組織が絡んでいて、それぞれの出入りを対照できるようになっている。どこかが、ごまかしていれば、矛盾が生じることになる。実際、東都大学側が払った金と、幹事企業が受けとった金には大きな差額がある。つまり、東都大学は、余分に払っておいて、キックバックさせたんだな。ところが､受け取った方は､そのままの金額では、後から困ってしまう。そこで、キックバック分を差し引いた金額が帳簿には書いてある」

聡は、口を挟んだ。

「さらに、下請けに出した金額も違っていますね。ここでもピンはねしているのでしょうか」

「ああ、とにかく、ごまかせるだけごまかそうという魂胆だ」

「しかし、これだけの金をどうしたんでしょうね」

「実は、平岩が選挙に出る時に使った金の出所がなぞと言われていたんだが、もし、平岩も一味とすると、この金が選挙資金の一部になった可能性があるな」

「結構、大変な事件になりそうですね」

「山下先生も、やっかいな連中のしっぽを踏んだことになる」

「それが父が殺害された理由ですか」

とえりが口をはさんだ。

「そうだね。東郷や白井たちの小遣い稼ぎというレベルでは無くなってきた。おそらく、この裏金は、平岩を通して、与党のお偉方にも渡っているはずだからね」

「父のメモはどれほど役に立つでしょうか」

「それは、難しい質問だね。これら資料が、本物だということを証明する必要がある。しかし、何せ十年以上も前の話だ」

「下手をすれば、偽もの扱いで、無視されて終わりですか」

「それにしても、大変な発見だ。一応コピーをとって、貸金庫に保管しておこう」

板倉は、この資料の取り扱いに関しては俺に考えがあるので、しばらくは任せてほしいと言った。また、えりには、一週間ほど姿を隠していた方が良いと忠告した。そして、聡には、普段どおり大学に行くようにと命じた。

聡とえりは板倉と別れ、聡がえりの自宅まで送っていくことにした。そこは四谷にある小さなマンションであった。

「きょうは、とても楽しかった。驚きもあったけど。吉野さんどうもありがとう」

聡は、えりを抱きしめたかったが、十五年ぶりなので遠慮することにした。

「また、連絡するよ」

と聡がいうと、うんとうなずいてくれた。

えりがエレベータに消えるのを確認して、聡は家路についた。今日は、本当に長い一日だった。板倉の作戦はなんだろうかと思った。これからが本格的な戦いになる。自分たちは勝てるのだろうか。聡は決心した。この戦いには勝つしかないのだ。でなければ、えりとの幸せな生活は来ない。

19 対決

聡は、大学に来ても落ち着かず、書きかけの論文も、なかなか手につかなかった。嬉しいのは、えりとメールで連絡がとれるようになったことだ。彼女の無事を確認できるし、作戦も相談できる。ただし、板倉からは、あまり目立つところでは逢わないようにと釘を刺されている。もちろん、聡もしばらくは自重するつもりだ。

末永さんには、山下メモが見つかったことを報告した。非常に驚いた顔をしていた。いざとなったら、末永さんと柳井さんがふたりで集めた白井が行った不正の証拠を公けにすると言ってくれた。板倉は、そんなことをすれば、ふたりは大学を辞めなければならないから、最後の手段と考えた方がよいと忠告してきた。

板倉はどのような作戦をとるのだろうか。具体的内容は、聡には話してはくれなかった。しかし、おそらくネットを使った仕掛けをするに違いない。聡は、インターネットのサーチエンジンで、「山下メモ」というキーワードを入れて検索してみた。すると、驚いたことに千件を超えるサイトがひっかかった。ひとつのサイトを開けてみると

「東都大学の悪党、東郷と白井の年貢の納め時」

というタイトルでスレッドが立ち上がっていた。ハンドルネームは月光仮面とある。そのサイトによると

「東郷と白井が、自分たちの不正を隠すために、右翼に擬した債務破綻者を使って山下先生を殺害した証拠となる山下メモが偶然みつかった」

と書いてある。

「山下メモは、先生が住んでいたマンションの解体工事の際に、屋根裏から、解体業者が偶然発見した。業者は、最初はごみかと思ったが、きれいな包装紙でていねいに包まれていたので大事なものと思い、管理人に渡したところ、山下先生の遺族のもとに届けられた。そして、遺族から、山下先生を支援し、悪を糾弾しようという仲間のもとに届けられたのである」

板倉は、山下メモが見つかった理由を虚飾して書いたようだ。えりへの追求を避けるためであろう。

「山下メモには、驚くべきことが書かれていた。山下先生を殺害した一味のボスが現民自党代議士で、外国大臣の平岩泰三であることがわかったのだ。しかも、メモには、平岩が東郷らと組んで、どのようにして不正に金を搾取したかが詳しく書かれている。まさに衝撃のメモであった」

このスレッドは、かなりのインパクトがあったのか、アクセス数がすでに二千件以上になっている。

板倉は、この他にも複数のスレッドを立ち上げていた。個人名で誹謗中傷の記事が出ると、管理人が削除されることが義務づけられている。削除されても、必ず複数のひとの目に留まるように、何個ものスレッドを立ち上げたようだ。ネットは、この話題で持ちきりだった。中には、板倉のスレッドをコピーして、各サイトの緊急ニュースとして、新たにスレッドを立ち上げているものもいる。すでに、この事件については、板倉が、ネットでいろいろな噂を仕込んでいたため、山下メモの登場でいっきにピークに達したようだ。現大臣の平岩の名前がでてきたことも、その加熱に拍車をかけている。

しかし、ネットはあくまでも裏の世界である。いくらネットで噂になっても、法的な効力はない。もちろん、平岩や東郷らは、あわてているようだが、首の根を抑えることはできない。

それから数日して、板倉の謹慎が解かれた。表向きの理由は、容疑の事実が確かめられなかったということであるが、実は、板倉が東郷らを糾弾している張本人であり、そのために、罠にはめられたということがネットでは常識となっていたからである。さらに、警察関係者と名乗る人物からも、板倉の件は、あまりにも不自然な逮捕劇であったこと、逮捕後、被害者がすぐに消えたこと、そして、上層部から、不当に拘束時間を長引かせるよう指示があったという情報が寄せられた。警察関係者であっても、現場で働いているひとたちには、本来の警察がすべき市民を守ろうとする意識が強いものが多い。腐っているのは、一度も路上に立って市民と接触したことのない上層部である。

東郷たちは、板倉を自宅謹慎にしていても、ネットに良からぬ情報を流しまくるだけで、自分たちに益がないと見たようだ。それより、大学に出てくれれば、ネットに書き込む時間が減る。久しぶりに大学に顔を出した板倉は、聡を部屋に呼び出した。

「板倉先生、かなり派手にネットに書きまくったようですね」

「いや、そうでもないんだ。確かにきっかけをつくったのは俺だが、その後は、何もしなくとも噂がどんどん広がっていった」

「それは、記事を上層部から握りつぶされた記者たちも書き込んでいるということですか」

「それもある。しかし、それだけではない。警察関係者や、かつて、平岩たちから無理難題を押し付けられた企業関係者など多士済々だ。ただし、このままでは、単なるアングラのスキャンダルで終わってしまう。何とか、表に出す必要がある」

「表というのは、どういうところですか」

「活字だよ。印刷物として公表する。実は、山田と相談して、ある週刊誌の記者に山下メモのコピーを渡した。本来は、新聞がいいのだが、大手だけでなく、ほとんどの新聞は腐っている。下手に資料を渡したら、上層部が抱え込んで、平岩をゆする材料にされるのがおちだ。本来は、山田に記事を書いてもらうのが、一番なんだが、山田は本の出版を控えている。それまでは、表に出ない方がいいと判断した」

それから一週間して、都内の電車の中吊り広告に、「現役大臣の大罪」というタイトルが踊った。「週刊真実」という雑誌で、スキャンダラスな記事も載せるが、その内容には定評があることで知られた雑誌であった。そこでは、現役大臣の平岩が、かつて、東都大学の研究所建設にからんで巨額の裏資金を得、その罪を糾弾しようとした大学教授を罠にはめて、社会的地位を貶めたうえで、抹殺したという内容となっている。そして、いまネットで話題の山下メモのコピーとして、一部、具体名は伏せられていたが、本物と同じものが掲載されている。なお、記事には、東都大学の現学長の東郷と、現工学部長の白井もその一味であると糾弾している。さらに週刊誌は、山下教授は世界的に有名な教授であり、日本という国は、日本の宝をその暗部に巣食う醜い連中によって葬り去ってしまったとも書いてある。

聡は、驚いた。よく、これだけの記事を掲載したものである。いくら週刊誌の記事といえども上層部の検閲を受ける。「週刊真実」は、情報真実社という出版社が出している週刊誌だが、当然、社長クラスは、政治家と深く結びついているはずである。場合によっては、出荷を差し止めるという手もとれたはずだ。

その後、山田の情報によると、この週刊誌の編集長は気骨のある人物で、かつて、新聞社に勤めていたころ、山下の事件を追いかけていたが、記事になる一歩手前で、上層部から、握りつぶされた過去があるという。

この記事も握りつぶされると思った編集長は一計を案じた。まったく異なる記事が載ることを上層部に伝えていたのだ。そして、ぎりぎりまで待って、記事を差し替えた。当然、中吊り広告の内容もだ。印刷所はかなり渋ったらしいが、なんとか頭を下げて説得したらしい。大変な賭けであったが、この作戦は見事に成功して、記事は日の目を見ることができた。当然、社長をはじめ、役員らは激怒したという。大手新聞各社も驚いたらしい。自分たちの新聞記事はいくらでも握りつぶせるが、広告として入ってきた週刊誌の記事までは、差し止めることができなかった。このため、山下事件の記事は間接的ではあるものの、大手新聞が世間に知らしめる片棒をかついでしまったことになる。

平岩は当然、激怒した。何のために、政治手腕や裏金を使って、マスコミの上層部にいい思いをさせてきたと思っているのか。このような時に、役立つからではないか。読切新聞は、ぎりぎりで気づいて、この記事だけ黒塗りで広告を出したらしいが、読者から顰蹙を買うとともに、この記事を逆に宣伝してしまうという愚を演じてしまった。

平岩は、すぐに裁判所に申し立て、書店や駅の販売店からの「週刊真実」の撤去を求め、仮処分が認められた。しかし、その頃には、評判が評判を呼んで、すべての店頭で雑誌は売り切れとなっていた。そして、そのコピーは、無料で閲覧できるネットのいろいろなサイトに流れて、数多くのひとが、その内容を知ることとなった。

これだけ騒ぎが大きくなると、テレビ局も無視できなくなった。もちろん上層部は、政界とつながっており、平岩からは、ばかなことをしたら、お前らの悪事をばらすと脅されていたが、現場はもう黙っていなかった。ニュースで取り上げることはなかったが、各局のワイドショーがこぞって、この問題を取り上げ始めた。いままで、抑圧されていた現場の記者たちは競って、この問題の深層を掘り下げ始めたのだ。

板倉は、予想以上の反響に驚いた。この国も、まだまだ捨てたものではない。くだんの編集長は、出版社をくびになったが、いまでは、テレビ各局から引っ張りだこで、くびにした出版社の執行部に逆に非難の声が集まっている。この出版社の社長が変態で、少女ポルノ趣味があるというアングラ情報も表に出てしまった。また、東南アジアを国会議員と視察した際に、現地で少女買春をしたことも暴露され、近々辞表を提出することになった。さらに、現地の取材から、国会議員だけでなく、多くの地方議員が、現地視察と称する税金を使った贅沢旅行で、実際には視察ぬきで買春旅行をしていたということがばれてしまい、糾弾にあっている。

しかし、このような世間の非難をよそに、東都大学では、今回の騒動を無視し続けていた。過去の予算支出に不正があったということがマスコミで騒ぎになっているにもかかわらず、調査しようという動きはない。学長の東郷がかかわっているため、本人がその気にならない限り、何の動きもできないということなのであろう。本来なら、監督官庁の文化省から指示があっても良さそうだが、文化省がからんだスキャンダルであるから、まったくやる気がない。こういう問題が起きたときには、黙ってやり過ごすというのが日本の官庁の常套手段である。確かに、過去のスキャンダルは、このやり方で、うまくごまかせてきたので、今回も、そうするつもりなのであろう。

しかし、板倉は、このままで終わらせる気はなかった。つぎの手を打たないと、確かに、騒動も沈静化する。そこで、山田に頼んで、一計を案じた。

その朝のテレビ欄をみた読者はいっせいに驚いた。「山下事件の右翼がテレビで真相を激白」というタイトルが踊っている。そのワイドショーは、それまでの視聴率の最高を記録した。多くのひとが、その告白に耳を傾けたのであった。

「わたしは、掛下と申します。右翼でも何でもありません。当時は、下町で小さな機械加工の工場を経営しておりました。しかし、不況で、受注が減り、資金繰りに困ってしまい、街金に手を出してしまったのです。気がついたときには手遅れで、たった二百万円の借金が、いつのまにか五千万円にまで膨らんでいました。借金取りが毎日のように押し寄せ、娘の学校にまで脅しに来るようになったのです。わたしは一家心中を考えていました。そんな時です。ある仕事をすれば借金をチャラにしたうえに報酬までくれるというのです。しかし、その仕事を聞いて驚きました。

人を殺せというものです。とても飲める話ではありません。わたしは、最初は断りました。しかし、娘がかわいくないのか、家族がどうなってもいいのかと脅されました。かなり悩みましたが、結局、引き受けることにしました。過去に前科がないから、刑期は短くて済む。それに、警察やマスコミも味方だから安心しろと言われました。

決行の日は、何かの薬を飲まされて興奮状態になっていました。そして、驚いたことに、刺したときの台詞まで用意されていたのです。わたしは、右翼の活動家ということにされました。山下先生を刺した時の記憶はほとんどありません。興奮状態でしたし、薬が効いていたのだと思います。

本当に驚いたのは、警察がすばやく私を保護してくれたのと、マスコミが、わたしをヒーローみたいに扱ってくれたことです。おかげで、借金はチャラになったうえ、口止め料として一千万円の振込みもありました。刑期も五年ほどですみました。すべて筋書き通りです。しかし、家族とは、うまくいきませんでした。娘は、それとなく真相を嗅ぎ取っていたようで、私とは話もしてくれません。わたしが右翼の活動家でないことは、家族がいちばんよく知っています。その後、妻とは離婚しました。

私が本当に気の毒だったのは、亡くなられた山下先生のご家族です。マスコミからも叩かれ、犯罪人のようにじゃけんな扱いを受けたと聞いていました。私は、山下先生に、何のうらみもありませんでした。只々、借金をチャラにしてもらいたい、その一心だったのです」

レポーターは、今日、テレビに出る決意をしたのはどうしてかと聞いた。すると掛下は
「私は、口止め料として一千万円を受け取りました。その時、もし、このことを口外したら、わたしの命はないとも言われました。わたしだけでなく、家族にも危害が及ぶと言って脅されました。しかし、家族とは別れ、わたしは独り身です。借金のためとはいえ、人をあやめてしまった。もう、命は惜しくありません。

ただし、当時、私は、この事件の裏に、国会議員、当時は官僚でしたが、平岩や、東郷、白井といった連中がからんでいるとはまったく知らされていませんでした。ある記者から、取材を受けたときも、サラ金業者からの依頼としか思っていませんでした。今回の一連の報道で、真実がある程度分かった気がします。

そして、今回、決心がついたのは、その記者を通して、山下先生のかつての教え子という方の話を聞いたからです。東都大学の助教授の板倉先生です。先生は、山下先生は日本が世界に誇れる数少ない研究者であったと言われました。そして、先生が不良だったときに、山下先生と出会い、研究者の道を歩みだしたと。先生の話は感動的でした。それと同時に、わたしは、なんとひどいことをしてしまったのだろうと、とても後悔しました。日本の宝を葬りさってしまったのです」

聡は、驚いた。板倉は、山下先生との出会いを掛下に話したのだ。しかも、自分の名前をテレビで

出してもよいと言ったに違いない。当然、大学を辞める覚悟であろう。

それから、掛下は、レポーターの質問に答えるかたちで、すべてを語った。レポーターは、その質問の合間に、それまでに明らかになっている東都大学を舞台にした裏金づくりの実態に関しても取り混ぜながらインタビューを続けた。それを聞いた多くの視聴者は、山下事件が、平岩たちが自分たちの悪事を隠蔽するために犯した卑劣な犯罪であること、そして、山下こそが、高潔な研究者であったことを理解した。

そして、レポーターは、明日はもっと驚くべき人物が登場すると番組の最後に語った。聡は、いったい誰だろうかと思ったが、テレビ局はいっさい明らかにしなかった。聡は、板倉に連絡をとった。

「驚くべき人物とは誰でしょうか。板倉先生ではないですよね」

「明日になれば分かる。俺も最後の賭けにでた」

「そうですか」

聡は、板倉が自分にも内緒にしていることに少し不満を感じたが、明日になれば分かることだ。そして、気になることを話した。

「掛下さんの登場は圧巻でした。それにしても、板倉先生の名前が出たのにはびっくりしました。これでは、もう、裏で糸を引いているのが先生だということが世間に知れ渡ってしまいましたよ」

「覚悟の上さ。もう大学に辞表も出してきた」

「えっ、辞表を出してしまったんですか」

「ああ、事務は喜んで受理したよ。これからは、東都大学とも戦わなければならない。きちっと筋を通した方がいいと思った」

聡は、来るべき時が来たと思った。これだけ、大学の執行部に楯をついているのであるから、ただで済むわけはない。しかし、これだけの研究者を失うのは、大学として損失ではなかろうか。

「ところで、板倉先生はどうして、テレビサンを選んだのですか。今回の反響はものすごかったと思いますから、ほかのテレビ局からクレームがつくんじゃないですか」

「理由は簡単だよ。テレビサンは、最近の株の仕手戦で、若手のベンチャーの旗手に買収されたばかりだ。だから、経営陣に古い連中はいない。つまり、裏世界とのしがらみがない。ほかのテレビ局の上層部は、旧態依然として、薄汚い連中ばかりだ。政治家や官僚とも癒着している。下手をすれば、番組中止に追い込まれたかもしれない。サン以外の選択肢はなかったんだよ」

「そうか、だから、今日のような予告もできたんですね」

聡が、思ったのは、今日のような爆弾発言をしたら、明日の番組に対して、横槍が入るのではないかという心配だった。テレビサンならその心配がない。しかし、政治家や警察はどうなのだろうか。必ず、何かしかけてくるはずだ。板倉に対して危害を加える心配もある。敵は、かなり追い詰められているはずだ。

つぎの朝の新聞を見て、驚いた。テレビサンの早朝番組の予告欄に
「山下メモの本物がついに登場」

と書いてある。聡は、さっそくテレビをつけた。昨日はワイドショーであったが、今日は、時間をはやめて、早朝の番組にしたのだ。これは、テレビ局の作戦であろう。ワイドショーまでには、時間があるので、警察の介入も考えられる。手負いの犯罪者たちは、どんな手でも使ってくるであろう。「テレビサンの朝いちばん」という番組では、司会者が朝から興奮の面持ちで、今日の特集の内容を伝えている。

「本日は、番組の内容をすべて変更して、いま話題の山下メモの実物をみなさんにお見せします。そして、驚くべきひとが登場します。ご期待ください」

聡は、本当に驚いた。えりが封筒をかかえてテレビに登場したのだ。えりは、すべて黒づくめの衣装に身を固めていた。それは、見るひとからは、えりが喪服に身を包んでいるようにも見えた。その顔はりりしく、スタジオに居る他のゲスト出演者たちをも完全に圧倒していた。えりは、聡にこのことをいっさい伝えていなかった。板倉は、最後の切り札を使ったことになる。

「それでは、さっそく紹介させていただきます。こちらは、いま話題となっている山下先生のお嬢さんの山下えりさんです」

スタジオに居るゲストは、一様に驚きの声を上げた。山下えりは、テレビでも話題になっていたが、

その行方は杳として知れなかった。それがついに登場したのだ。

聡は、板倉の作戦に感心した。山下メモを持って登場するのに、えりほどふさわしい存在はない。それが、まぎれもなく本物であるということを証明することにもなる。

司会者は、えりが持ってきたものが、本物かどうかたずねた。えりは、これは、父が自分にあてた手紙とともに出てきた本物であると宣言した。そして、それが、出てきた経緯を説明した。具体的なレストラン名は出さなかったが、父の知り合いが預かっていたもので、解体業者が見つけたという話はまちがいであると指摘した。

えりの登場は、大きな衝撃を与えた。えりが、父の死後、ひどい目に合い、ついには過労で母が死んでしまったことを語ると、多くのゲストが涙を流した。当時のマスコミがいかにひどいものであったかを糾弾するゲストもあった。ある新聞社の元編集員は、政治家や官僚と癒着したマスコミが犯した犯罪であると断定した。自分がそのマスコミの一員であったにもかかわらずだ。

そして、いよいよメモの本物が公開された。そこには、平岩たちが、いかに不正を働いたかが書かれている。テレビ局は、ごていねいにも、見やすいように大きなボードを用意して、金の流れが分かるようにしていた。視聴者は、いかに不正に裏金がつくられたかを、よく見てとることができた。

司会者はえりに、なぜ警察や検察にこの資料を持ちこまなかったかを聞いた。えりは毅然と、こう答えた。

「警察も、検察も信頼できません。たとえ資料を持ち込んでも握りつぶされるだけだったでしょう。もちろん、マスコミも信用できません。父を犯人にしたてあげ、抹殺したのですから。ただ、一社、信頼できたのがテレビサンです。それは、上層部が、政治家や警察と癒着していないからです」

司会者は、えりの強い声に一瞬どきっとしたが
「そうですね。当社の経営者は若く、日本の闇の勢力との、しがらみがありません。ほかのテレビ局では、確実にもみ消されていたでしょう」

とちゃっかり、自分の局を持ち上げた。

えりの登場は、国中に衝撃を与えた。美しき戦士が地獄からよみがえり、日本の悪を退治しにやってきた。そんな印象を与えた。その後も、えりはテレビに出続けた。当然、ワイドショーにも登場し、父の潔白を主張した。テレビ局も、山下がいかに高潔で優れた研究者であったかということを、その業績とともに、海外の研究者のインタビューを交えながら紹介した。

テレビ局の記者は、警察や検察にもインタビューに訪れたが
「すでに決着した事件であり、犯人も刑期を終えている。あえて、再捜査する予定はない」

というコメントを出した。記者は、平岩へのインタビューも試みたが、事務所の担当者は、本人の行方が不明として応じなかった。

その夕方、衝撃のニュースが流れた。

「現外国大臣の平岩泰三氏は本日、体調不良を訴え、都内の病院に入院しました。現在、病状ははっきりしていませんが、大臣の激務をこなすのは困難ということで、大泉総理大臣に辞表を提出したもようと伝えられております」

聡は、思った。平岩はどうやら、民自党から見捨てられたようだ。このまま、平岩をかばい続けていたのでは、つぎの選挙への悪影響が避けられないと判断したのであろう。テレビサンは、えりにコメントを求めた。これに対し、えりは

「平岩の裏金は、与党の幹部にも渡っていたはずです。みな、同じ穴のむじなではないですか。平岩を切って、とかげの尻尾きりをしたつもりでしょうが、それほど国民は愚かではないはずです」

と言い放った。このコメントには多くのひとが共感した。おそらく次の選挙で、民自党は大打撃を受けるはずだ。

平岩は、失脚したものの、東郷と白井は、相変わらずいまの地位にとどまり続けた。学内では、いままで黙っていた学生らが決起して、東郷ら執行部を糾弾する集会をはじめた。しかし、限りなく黒に近いとはいえ、犯罪者として逮捕されたわけではない。しかも彼らには、文化省の強い後ろ盾がある。知らぬ存ぜぬを通せば、いずれ騒ぎは沈静するであろう。

しかし、思わぬところから、白井の悪事が表に出ることになった。末永事務長が内部告発をしたのだ。白井が、いままで行ってきた不正の数々を証拠とともに、大学本部に告発したのだ。これま

でならば、大学当局は難癖をつけて、末永が失脚することになっただろうが、いまの情勢では、それもできない。下手をすれば大学が非難される。白井は大学を去ることになった。ただし、驚いたことに、内部告発をしたという罪で末永も罰せられることになった。聡と板倉は憤慨し、大学を糾弾しようとしたが、末永はそれを制し、潔く辞表を大学に提出した。

20 前途

聡は、立ち上がって挨拶をした。

「今日は、皆様お忙しいところを板倉先生と、末永事務長の送別会に参加していただきありがとうございます。おふたりの前途を祝して乾杯したいと思います」

「おい、聡、そんな固苦しいあいさつはよそうや。だって、これだけの人数しか集まっていないんだぜ」

と板倉はジョッキを掲げ、待ちきれないように言った。

今日は、「福や」を貸切りにした送別会である。集まったのは、聡のほかに、えりと柳井さんと佐々木さんである。総勢六人であるから、確かに、固苦しいあいさつはいらないのかもしれない。

「わたしも忘れてもらっては困るわ」

そう言ったのは、カウンターの中のおかみだった。乾杯用のビールのグラスを掲げている。

「この店の上客を失うんだから、おだやかじゃないけど、その分、吉野先生にがんばってもらわないとね」

板倉は、東都大学に赴任する前に務めていたアメリカの大学に戻ることが決まっていた。大学は、大喜びだったという。それは、そうだ。世界的にも有名なスター教授の里帰りだ。板倉は、テニュア付きの教授職が約束されていた。聡は、内心、板倉にはオーランド大学に行ってもらいたいと思っていたが、板倉にも立場がある。

「それでは、乾杯します」

「乾杯」

みんなはグラスを合わせた。驚いたことに、佐々木さんもビールを飲んでいる。柳井さんが
「吉野先生驚いたでしょう。祥子は、結構いける口なんですよ」

と笑っている。すると、えりは
「かわいいお嬢さんは、ジュースと決め込んでいたんでしょう」

とからかう。聡がまごついていると、佐々木さんが口をはさんだ。

「それにしても、えりさんと吉野先生はお似合いですね。えりさんがうらやましい。わたしも、こんな素敵な恋人がほしいわ」

すると、そこに板倉が口を挟んだ。

「俺じゃだめかな。アメリカの豪邸が待っているぜ」

と。すると、すかざす、末永さんが間に入った。

「アメリカはだめですよ。祥子は、日本にいて、わたしのそばに、ずっと居るんですから」

「じゃ、末永さんごと面倒をみようか」

すると佐々木さんがこういった。

「板倉先生は素敵ですけど、やはり、もっと歳の近いひとがいいです」

一同が笑った。実は、末永さんは、佐々木さんに、自分が本当の父親であることを告白していたのだ。

その時、佐々木さんはこう言ったという。

「わたしも、そうなんじゃないかと思っていました。いえ、そうなってほしいと思っていました。とても嬉しいです」

と。こう言われて、末永さんは、いままでの苦労がすべて報われた気がしたという。

「それにしても白井のおじさんが、えりさんのお父さんの凶悪事件には関係していなかったと知ってほっとしました。私には、本当によくしてくれましたから」

聡は、複雑な気持ちだった。いくら悪人とはいえ、白井は佐々木さんにとっては、小さい頃からかわいがってもらった、やさしいおじさんなのだ。白井が大学を追われ、世間で叩かれると、奥さんは即離婚を迫ったという。二人の息子も独立しているが、世間に顔向けができないといって父親を責めているらしい。そんな時でも、佐々木さんは、白井を食事に誘い、なぐさめ続けていたらしい。佐々木さんには、白井が母親をレイプした話は伏せてある。その方が良いのかもしれない。

「佐々木さんは、加治という学生を覚えている？」

板倉が突然加治のことを話題に出した。

「ええ、覚えています。とてもまじめな学生さんでしたよね」

「ああ、学生と言っても、佐々木さんよりも年上だけどね」

「実は、彼が佐々木さんのことを気に入っていて、俺に相談したことがある。失礼ながら、ある事情で、その時は、よした方がいいと言ったが、今は事情が変わった。実は、最近のメールで加治には、佐々木さんはいいひとだから、ぜひアタックしたらと薦めた」

「板倉先生、あまり無責任なことは言わないでください」

と末永が釘をさしている。

聡は、佐々木さんが白井の隠し子ではないということを板倉に話した時に、それを聞いていちばん喜ぶのは加治だと言っていた。こういうことだったのかと納得した。加治と佐々木さんならお似合いかもしれない。加治には、ぜひ日本に戻ってきて、学科のためにつくしてほしい。

佐々木さんは白井が黒幕ではなくほっとしたと言ったのは、最近の報道を受けてのことだった。えりがテレビに出演した後も、各局はこぞって、山下事件の真相解明に走っていた。その中で、白井はただの使い走りであり、東郷の命じるままに動いていたことが明らかとなった。小金を貯め込み、権力を振るってはいたが、所詮は、小物だったということだ。黒幕の東郷は、その背後で、政治家とのつながりや、闇の勢力とのつながりが明らかになり、山下殺害の真犯人と目されているが、逮捕されることはなかった。しかし、つぎの学長選挙では、落選が確実とみなされている。東郷派と見られていた事務方も、すべて離れていった。権力者が権力を失った時は、哀れというしかない。最近では、警察や文化省も東郷とは距離を置くようになったという。

もうすぐ、山田の本も出る。山下事件をくまなく取材したものだ。おそらくベストセラー間違いなしであろう。そこには、平岩や東郷、白井の名前だけでなく、文化省の役人や、事件にかかわった数多くの人間が実名で出ている。そして、これら悪党に味方した警察幹部やマスコミ関係者の名前も出ている。世の中は、もっと、大騒ぎになるであろう。

末永は、大学を追われた後、ある企業が出資する文化財団の事務長への就任が決まった。この財団の理事長は、末永と一緒に平岩を糾弾しようとして失脚した、もと文化省の上司であった。この上司は、文化省の世話にはならないと言って、役所を退職したあとは、しばらく無職であったが、この企業の会長から請われて、財団の理事長を務めていた。

送別会は、わきあいあいと進んだ。えりは、インターナショナルスクールの教師になることが決まっていた。最近、都内には、インターナショナルスクールが増えている。海外の子女だけでなく、日本人の間でも人気が高まっているのだ。文化省は、あいかわらず、学校としての認可を拒み、あらゆる迫害を与えているが、人気はとどまるところをしらない。えりは大学で、教職課程も習得しており、英語が堪能であることから、ぜひにと請われたのだ。

学科は、山根が先頭にたって改革を進めている。しかし、白井の子飼いが、教員のほとんどを占めているため、すぐに好転するとは思えない。山根は、聡に

「これからは、優秀な人材を集めて大学を改革していきたい。だから、この学科を見捨てずに、助けてほしい」

と言ってくれた。聡は、板倉が居てくれれば、と思ったが、すでに板倉は、アメリカの大学への就職が決まっている。聡は、いつの日か、加治が加わってくれればよいと思った。

突然、末永が重大発表があると立ち上がった。

「実は、今度、結婚することにしました」

聡は驚いた。一生を独身で過ごすと誓っていた末永に何が起きたのであろうか。

「お相手は、ここにいる柳井さんです」

「えー！」

店にいるみんなが驚いた。

「実は、祥子にも進められたんです」

佐々木さんは

「だって、柳井さんは、私のお母さん。末永さんは私のお父さんですもの。三人で一緒に暮らすのが自然でしょう」

板倉は

「これはめでたい。みんなで、乾杯しよう」

といって、おかみに吟醸酒の一升瓶を開けさせた。柳井さんは、はずかしそうだが、嬉しそうでもある。

聡にとっても、ようやくえりとの交際がはじまる。失われた十五年を取り戻すのだ。ふと、思った。そう言えば、まだ、えりと本格的なキスをしたことが無かった。おでこどまりだ。これでいいのだろうか。よし、今日、えりの部屋まで送っていくときに決行するぞ。でも部屋に上がれと言われたら、どうしよう。そんなことを想像していると、板倉から肩を叩かれた。

「おい、聡、今何か変なことを考えていなかったか」

本当に、勘のいいひとだ。

21　エピローグ

今日は板倉がアメリカに出発する日である。聡は、えりとふたりで見送りに来た。聡は、板倉と一緒にアメリカに渡りたい気分だった。えりは、純白のドレスを着ていた。昔アメリカで、聡とデートするときに来ていたものを少し手直ししたものらしい。

板倉は、えりにこう言った。

「えりちゃん、今日は、やけに若々しいね。今からでも遅くないよ。聡はやめて、僕と一緒にアメリカに行かないか。豪邸が待ってるぜ」

「板倉先生は、佐々木さんにもそう言って、ふられていましたね」

とえりは相手にしない。

板倉は、聡に向かってこう言った。

「聡、お前と出会えて、本当に良かった。感謝するよ。そういえば、長井が助教授になったんだってね」

「ええ、奥さんとお子さんを呼び寄せたようです。お子さんは、家があまりにも大きいのでおおはしゃぎだったようです。奥さんは、そうじが大変と嘆いたようですが」

「おれも、そのうちオーランド大学に行ってみるよ」

「ええ、そうしてください。加治も喜びます」

「ああ、デイビッドにも礼をしなくてはな」

聡は板倉に思い切って聞いてみた。

「板倉先生、東都大学は変わるでしょうか」

「聡、他人に頼るな。お前が変えなければ、大学は変わらない」

「山根先生はがんばっておられます」

「うん、あいつはいい奴だ。少し、気の弱いところがあるが、筋を通す。山根をサポートしてやってくれ」

その時、飛行機の搭乗アナウンスが流れた。板倉はいまが潮時というように

「それじゃ、俺は行くよ。ふたりの幸せを祈っている。いつか、アメリカにふたりで遊びに来てほしい」

えりは、こう言った。

「板倉先生、本当にありがとうございます。先生のおかげで、母も私も、ずいぶん、なぐさめられました。そして、先生のおかげで、父の汚名を晴らすことができました」

すると、えりは、板倉のもとにかけより、頬にキスをした。板倉は一瞬、照れたように笑うと

「えりちゃん、やっぱり、俺と一緒にアメリカに行かないか」

とえりを誘った。えりは、聡の腕をとり

「板倉先生、わたしの大切なひとはここに居ます。先生もいいひとを探してください」

板倉は、ああ分かったというように手を上げて、ゲートの中に消えていった。

聡は、えりの手を握りしめた。これが終わりではない。これからが、新たなページの始まりなのだと自分に言い聞かせた。

著者：トーマス・神村

アカデミック・ハザード
2007年7月5日　第1刷発行

発行所：㈱海 鳴 社　http://www.kaimeisha.com/
〒101-0065　東京都千代田区西神田2－4－6
Eメール：kaimei@d8.dion.ne.jp
電話：03-3262-1967　ファックス：03-3234-3643

発行人：辻 信 行
組 版：海 鳴 社
印刷・製本：シナノ

JPCA
本書は日本出版著作権協会 (JPCA) が委託管理する著作物です．本書の無断複写などは著作権法上での例外を除き禁じられています．複写（コピー）・複製，その他著作物の利用については事前に日本出版著作権協会（電話 03-3812-9424，e-mail:info@e-jpca.com）の許諾を得てください．

出版社コード：1097
© 2007 in Japan by Kaimeisha
ISBN 978-4-87525-242-9　落丁・乱丁本はお買い上げの書店でお取替えください

海 鳴 社

産学連携と科学の堕落

S・クリムスキー 著　宮田由紀夫訳　2800円

破　局　人類は生き残れるか

粟屋　かよ子 著　1800円

森に学ぶ

四手井　綱英 著　2000円

植物のくらし 人のくらし

沼田　眞 著　2000円

野生動物と共存するために

R.F. ダスマン 著　丸山直樹他訳　2330円

有機畑の生態系

三井　和子 著　1400円

ぼくらの環境戦争

よしだ　まさはる 著　1400円

物理学に基づく 環境の基礎理論

勝木　渥 著　2400円

本体価格